Martin & Jochen Schubert

Das Wenkmann Evangelium

Schwangerschaft und Geburt

1

Bibliografische Information der Deutschen Nationalbibliothek
Die Deutsche Nationalbibliothek verzeichnet diese Publikation in der
Deutschen Nationalbibliografie; detaillierte bibliografische Daten sind
im Internet über http://dnb.d-nb.de abrufbar.

Herstellung und Verlag:
Books on Demand GmbH, Norderstedt
ISBN-13: 9783837078053

Ein Kapitel, in dem Balthasar Wenkmann über Demut spricht

Wenkmann nahm sich beruflich alle Freiheiten der Welt, als sich spät abends eine Frau an die Theke der Hotelbar setzte um „etwas mit viel Wodka" zu bestellen. Der große, dunkelhaarige Mann mixte schon seit vielen Jahren Drinks aus Spirituosen, Liköre, Sirups und Säfte. Die Aufforderung *mit viel Wodka* nahm Wenkmann zum Anlass, mit eigenen Rezepten zu experimentieren.

„Alles, was denkbar ist, ist auch machbar. Wenn Ihnen der Drink nicht schmeckt, zahle ich ihn", war, wenn er einen Drink frei komponierte, einer seiner Standards. Bisher hatten noch alle seine Selbstkomponierten gezahlt.

„Probleme?" Es gibt viele Barkeeper, die diese Frage stellen, wenn ein Gast demonstrativ einen Cocktail mit viel Alkohol bestellt. Für Wenkmann existierte diese Frage nicht. Probleme hatte jeder, ohne Ausnahme, die einen große, andere weniger große.

„Einen Cocktail mit viel Wodka", wiederholte Wenkmann.

Als ob die Frau sich rechtfertigen müsse, sagte sie: „Eine Beerdigung. Ich komme gerade von einer Beerdigung."

„Ich verstehe", entgegnete er und nickte bestätigend, „da ist einem danach."

„Wie lange machen Sie schon diesen Job?" Die Frau senkte ihre rotlackierten Hände auf die Bar um sich eine Zigarette aus der Handtasche zu ziehen.

„Seit vier Jahren etwa." Wenkmann beugte sich über den Tresen um ihr die Zigarette anzuzünden.

„Ein Gentleman der alten Schule, das ist selten geworden."

„Mein Job."

„Wo haben Sie den gelernt?"

„Als Barmixer habe ich sozusagen klein angefangen, um mir mein Studium zu finanzieren. Erst aushilfs- und stundenweise, inzwischen ist es zu einem richtigen Beruf geworden."

„Sie sind ganz oben angekommen", sagte sie, „oberstes Stockwerk des Hotels."

„Sie haben Recht. Höher geht es nicht mehr, jedenfalls nicht für mich persönlich in diesem Hause."

„Sie bedienen die Gäste über den Wolken, ganz nah dem Sternenhimmel, zur Musik eines himmlisch guten Pianisten."

„Unser Pianist ist wirklich gut. Aber das ist in Hotels dieser Kategorie üblich."

„Aber auch in Hotels dieser Kategorie gibt es geistig unterbelichtete Kreaturen", entgegnete die Frau und zeigte mit dem kleinen Finger ihrer rechten Hand auf einen älteren Mann.

„Sie meinen die teilweise einfach strukturierten Gäste unseres Hotels, insbesondere den Herren, die mit gemieteter Begleitperson etwas sehr dick auftragen", verbesserte Wenkmann.

Die Frau sah ihn fragend an.

„Verzeihen Sie", sagte Wenkmann, „gemietete Begleitperson nennen wir hausintern Prostituierte. Die Dame rechts neben dem Pianisten ist eine gemietete Begleitperson des korpulenten Herrn gegenüber. Dieser Herr, unser Gast, hat Geld, viel Geld. Und ganz entgegen der allgemeinen Regel - umso mehr Geld, desto weniger Trinkgeld - scheint er Geld mit beiden Händen unter das Personal verteilen zu wollen. Er ist wirklich sehr großzügig. Das lässt so manche dumme Bemerkung von ihm wie Musik in den Ohren klingen."

„In ihren Ohren auch?", fragte die Frau.

„Es ist mein Beruf, freundlich zu jedermann zu sein, freundlich zu sein ohne Unterschied."

„Vielleicht tun Sie gut daran. Es gibt Landstriche, da müssen Frauen für ihre Familien das Geld beschaffen, weil sie vor dem Krieg, den Autobomben und Entführungen in ihrer Heimat ins Ausland geflohen sind. Wenn den Familien dann das Geld ausgeht, sind die Frauen gezwungen, die Hotelbars aufzusuchen. Dort werden sie behandelt wie Dreck, manchmal auch von den Barkeepern."

„Ich verstehe... Sie sind viel herum gekommen."

„Na ja, das ist hier nicht die erste Hotelbar in der ich sitze, wenn Sie das meinen."

„Dann werden Sie wissen, dass an der Hotelbar getrunken wird. Das ist auf der ganzen Welt so. Ein, zwei, drei Gläser, manchmal mehr. Ich weiß, was es heißt, Alkohol zu trinken und kenne die Wirkung. Ich sehe es so: Die Bar ist Bühne für Komödien und Tragödien, und ich bin Teil davon. Die Bar ist für mich wie ein Altar, und drum herum, das ist Gottesdienst."

„Dann vergessen Sie bitte das Gebet nicht, wenn Sie mir gleich den nächsten Cocktail mixen", sagte die Frau leise. „Ich hab's nötig."

„LeChaim", entgegnete Wenkmann, „auf das Leben! Trinken und Essen hält Leib und Seele zusammen."

„Essen und Trinken", verbesserte ihn die Frau. „Das Essen kommt zuerst."

„Falsch, gnädige Frau. Vor dem Essen kommt der Aperitif. Wenn Sie sich umblicken, können Sie beobachten, wie sich die Gäste an ihren Gläsern festhalten. Ein Getränk lässt keinen Gast mit leeren Händen befangen herumstehen."

„Trinken und Essen hält Leib und Seele zusammen", entgegnete die Frau lächelnd. „Müssen Sie eigentlich immer das letzte Wort haben?"

„Es gibt Dinge, von denen ich etwas verstehe."

„Und was sind das für Dinge?"

„Ich verstehe etwas von Getränken und von Religion."

„Das müssen Sie mir bitte erklären."

„Das ich etwas von Getränken verstehe?"

„Nein, nein, von dem anderen."

„Das habe ich studiert. Vergleichende Religionswissenschaften."

Die Frau pfiff durch die Zähne. „Verzeihen Sie mir, wenn sich das vulgär angehört hat, meine Hochachtung."

„Ist schon recht", entgegnete Wenkmann, „Religionen machen oft den Eindruck des Vulgären."

Die Frau inhalierte tief an ihrer Zigarette, stieß den Rauch dann mit einer energischen Kraftanstrengung aus. „Vulgär ist alles, nicht nur die Religion. Das Leben ist vulgär."

„Sie haben Recht, Madame", sagte Wenkmann, den Tresen mit einem Tuch blankputzend.

„Und, woraus besteht der wahre Kern ihrer vergleichenden Religionsstudien?"

„Gute Frage. So ist mir die Frage noch nie gestellt worden. Nicht einmal bei Prüfungen ist die mir untergekommen - des Pudels Kern."

„Ja, sagen Sie es mir."

„Des Pudels Kern ist die Erkenntnis, dass man Gott nicht beweisen kann. Aber es gibt Indizien, religiös inspirierte Texte wie den buddhistischen Pali - Kanon, die vedische Literatur des Hinduismus, die konfuzianischen fünf Klassiker, den Tanach."

„Wen?"

„Verzeihen Sie, mein Fehler. Der Tanach, das heilige Buch des Judentums. Er besteht aus Weisungen, Büchern der Propheten und verschiedenen Schriften."

„Und, wo ist der Pudel?"

Wenkmann musste lachen: „Der Kern aller dieser religiösen Texte besteht in der Forderung, dass jedem einzelnen Menschen immerzu ins Bewusstsein gerufen werden muss, dass er selbst Mensch ist, und die anderen Menschen um ihn herum auch."

„Interessant! Der Mensch ist Mensch. Darf ich fragen, ob Sie jemanden kennen, der daran zweifelt?"

„Sie dürfen, natürlich: ich selbst. Es gibt immer wieder Zeiten in meinem Leben, in denen ich es vergesse."

„Und dann?"

„Dann besinne ich mich auf die Indizien, auf religiöse Texte."

Wenkmann begann mit der Dekoration des Cocktails, indem er farbige Eiswürfel in das Cocktailglas füllte und verschiedene Früchte an den Glasrand steckte.

„Das Auge trinkt mit!", sagte Wenkmann mit ernster Stimme, als er in eine Kirsche die Nationalfahne steckte. „Mit der richtigen Dekoration kann man manche Gäste beeindrucken."

„Mich nicht, mich wirklich nicht."

Wenkmann schob das Cocktailglas über den Tresen. „Bitte sehr, Madame."

Die Frau drehte den Strohhalm in Richtung Mund. „Irgendwann wird jeder erwachsen, irgendwann merkt jeder, dass religiöse Texte nur Geschichtchen aus Menschenhand sind."

„Geschichtchen aus Menschenhand." Wenkmann lachte kurz auf und schob den Putzlappen erneut über den Tresen.

„Der ist ganz was besonderes!", stieß die Frau hervor, als sie den ersten Schluck genommen hatte.

„Man gibt sich Mühe, man ist Profi. Geschichtchen."

„Das hier ist ein Gedicht, glauben Sie mir, das ist einer der besten Cocktails, den ich je getrunken habe. Eine Sinfonie."

„Irgendwas mit viel Wodka", entgegnete Wenkmann, „ein Cocktail wie jeder andere auch."

„Da muss ich Ihnen widersprechen. Dieser Cocktail hat eine Seele, der lebt. Wie heißt er?"

„Der ist namenlos, Name unbekannt", entgegnete er.

Der Namenlose - ist doch ein schöner Name!"

„Sie haben Recht. *Der Namenlose* mit viel Wodka."

„Sehen Sie, so schnell geht das! Ruck zuck wird man von einem namenlosen Getränk betrunken gemacht."

„Ja, man muss verdammt aufpassen, Alkohol ist teuflisch."

„Ich muss höllisch aufpassen, denn betrunken erzähle ich dumme Sachen. Dumme Dinge über Gott und die Welt und über Beerdigungen. Über tief traurige Beerdigungen, die in mir eine Seelenwüste hinterlassen. So, wie es Herr Srodka getan hat. Nun sitze ich hier bei Ihnen an der Bar und betrinke mich. So einfach ist das."

„Wegen Srodka?"

„Ja, der Herr Srodka. Seine Frau und seine Mutter halten ihm vor, dass er sich zu wenig um die Familie kümmert und sich oft betrinkt. Seine Tochter brüllt er immerzu an, immerzu gibt es großes Geschrei um alles und nichts, heftige Auseinandersetzungen. Auch mit dem Sohn klappt es überhaupt nicht. Der ist ihm zutiefst fremd, aber im Vergleich zur Tochter geht es ruhig zu. Der Schwiegervater hält ihn für den größten Versager aller Zeiten, sein Chef ebenso, weil er die in ihn gestellten Erwartungen nie erfüllen konnte. Seine Arbeitskollegen schütteln nur mit dem Kopf, wenn sie an ihn denken, denn Kollegialität ist für Herrn Srodka ein Fremdwort."

„Woher wissen Sie das alles?"

„Alles von ihm, hat er mir alles erzählt, als er vorletzte Woche betrunken vor seiner Haustür lag und den Moralischen bekam."

„Armer Kerl. Woher kennen Sie ihn?"

„Er ist mein Nachbar, oder besser gesagt war er es. Herr Srodka ist letzte Woche gestorben, mit 44. Fiel einfach vom Hocker und nun ist er tot. In der Anzeige hat gestanden, - warten Sie einen Augenblick, ich habe die Anzeige dabei, hier, in meiner Handtasche. Das ist der traurigste Teil der Geschichte."

Die Frau kramte einen Zeitungsausschnitt hervor und überreichte ihn Wenkmann, der laut vorzulesen begann: „Gestern verstarb im Alter von 44 Jahren für uns alle unerwartet mein innigst geliebter Mann, unser herzensguter Vater, unser lieber Sohn, unser hochverehrter

Schwiegersohn Herr Walter Srodka. Sein Hinscheiden ist für uns alle unfassbar..."

„Das ist noch nicht alles, bei weitem nicht", sagte die Frau und drückte Wenkmann einen weiteren Zeitungsausschnitt in die Hand. „Es gibt immer noch eine Steigerung."

„Im Alter von nur 44 Jahren ist unser Mitarbeiter Herr Walter Srodka verstorben. Herr Srodka war zwei Jahre in unserem Hause als Buchhalter tätig. Er wird uns allen, die wir ihn als gewissenhafte, freundliche und kollegiale Persönlichkeit kennen und schätzen lernen durften, in dankbarer Erinnerung bleiben. Geschäftsführung, Betriebsleitung, Mitarbeitervertretung und Mitarbeiter."

Wenkmann nickte kurz mit dem Kopf. „Sie haben Recht. Das ist wirklich ein Grund, sich zu betrinken. Über Tote soll man nicht schlecht reden, so wird gesagt. Aber das hier ist mehr. Der tote Herr Srodka wird regelrecht in den Himmel gelobt, der Tod übt offensichtlich einen großen Einfluss auf das Leben aus. Wenn es andersherum auch so ist, hat er gewonnen."

„Was kann so einer noch gewinnen?"

„Ganz einfach. Der tote Srodka ist ein Heiliger geworden, alle Welt redet gut über ihn. Das bewirkt allein die überaus große Kraft des Todes auf das Leben, glauben Sie mir das. Das ist die Kraft, die im Angesicht des Todes entsteht. Und diese Kraft kehrt sich um, und zwar... es muss eine Kraft geben, die vom Leben hinaus in den Tod wirkt."

„Eine Kraft zurück zu Herrn Srodka, zum toten Srodka?"

„Ja, gewiss. Er wird im Jenseits seinen Frieden gefunden haben. Ihrem

10

toten Nachbarn geht es gut, da bin ich mir sicher. Über mich werden die Leute nichts Gutes schreiben. Wenn ich sterbe, wird das niemanden interessieren. Dann ist ein gewisser Herr Wenkmann einfach tot. Schluss, aus, vorbei."

„Fünf Minuten Mitleid", sagte die Frau.

„Nein, nein, so war das nicht gemeint. Wir Wenkmänner werden alt, sehr alt. Am Ende gibt es niemanden mehr, der etwas Gutes über uns sagen oder schreiben könnte. Niemand ist da, der sich an uns erinnern kann. Am Ende werden wir Wenkmänner einfach vergessen."

„Wenkmann, Ihr Name? Ich habe mal einen Wenkmann gekannt, der hat bei der Oper gearbeitet."

„Mein Cousin. Die musikalische Linie der Familie. Er hat sich intensiv mit Richard Wagner beschäftigt, dem Komponisten aus Deutschland. Auch eine Art von Religion. Man streitet um die richtige Aufführungspraxis, hat einen Tempel in Bayreuth und führt einmal im Jahr kultische Handlungen durch. Im Hintergrund laufen die Intrigen und es bleibt doch alles in der Familie, wie im Tanach."

„Bayreuth, wo ist das?"

„Irgendwo im Süden Deutschlands. Dort ist sozusagen der Stammsitz der Familie Wagner. Der Stammsitz der Götter aber ist Walhall. Dort erwählt Gott Odin täglich waffenerschlagene Männer, der Rest geht an Göttin Freya, die in Folkwanger wohnt. Odins Haus ist mit Schilden gedeckt, die Decke aus Lanzen getäfelt."

„Wie sie das so erzählen, ganz so, als ob sie schon einmal da gewesen wären."

Es war sehr spät geworden, die Frau war der letzte noch verbliebene

Gast. Wenkmann wollte die Bar schließen ohne unhöflich zu wirken.

„Einen Cocktail noch, der letzte, als Schlaftrunk?"

„Ja, ja, machen Sie mir noch einmal einen von ihrem tollen Namenlosen. - Haben Sie übrigens einen Abschluss?"

„Als Religionswissenschaftler? Ja, bis zum Master habe ich durchgehalten. Wollen Sie den Titel meiner Abschlussarbeit erfahren?"

„Gern."

„*Der Begriff des Hochmuts in der Ethik der großen Weltreligionen.* Die Hauptthese meiner Arbeit lautet, dass am Hochmut des Menschen die Welt zerbrechen wird, weil alles, was denkbar ist, auch machbar ist. Aber es gibt Menschen, die sich gegen den Untergang der Welt zur Wehr setzen, Mönche. Für diese Menschen, man mag es kaum glauben, sind Knöpfe Hochmut. Sie tragen Gewänder, die mit Spangen und Nadeln zusammengehalten werden. Diese Menschen verachten den Hochmut, weil sie wissen, dass die Welt daran zerbricht. Die Welt geht kaputt, um ein deutsches Wort zu gebrauchen: kaputt."

„Kaputt?"

„Kaputt, ganz und gar, im wahrsten Sinne des Wortes. Nichts wird übrig bleiben, alles wird eliminiert, die ganze Erde und die Menschheit gleich mit. - Und ihre Antwort darauf? Diese Menschen besitzen keine Knöpfe, um nicht Gefahr zu laufen, hochmütig zu werden. Das ist eine ihrer vielen Strategien gegen die Vernichtung der Welt. Diese Menschen gehen davon aus, dass, wenn sie keine Knöpfe tragen, das als ein Zeichen der Demut ausgelegt werden kann."

„Für wen ist dieses Zeichen der Demut gedacht? Meinen Sie, dieses Zeichen würde von irgend jemandem registriert? Immerhin trage auch ich keine Knöpfe, aber bisher hat es niemand bemerkt. Ich trage einen Reißverschluss, nein, halt, sogar zwei. Einen an der Bluse und einen am Rock. Aber keine Knöpfe. Bin ich demütig genug?"

„Ob Sie demütig genug sind, wollen Sie wissen? Ich will ehrlich zu Ihnen sein: Der Reißverschluss ist der Gipfel des Hochmuts. Der ist schlimmer als alle Knöpfe dieser Welt."

„Mein Gott, ist das kompliziert! Aber wenn es der Welt hilft, verspreche ich Ihnen hoch und heilig, dass ich in Zukunft weder Knöpfe noch Reißverschlüsse tragen werde."

„Ihre Entscheidung, Madame."

„Wissen Sie was? In Anbetracht der Ereignisse verspreche ich noch mehr", die Frau schluckte ein paar Mal, holte tief Luft: „In Zukunft versuche ich gut zu sein, wann immer es mir möglich ist. Damit ist doch schon eine ganze Menge gewonnen, nicht wahr?", flüsterte sie mit rauchiger Stimmer schlürfend in den Cocktail hinein. „Diesen Cocktail zu trinken ist gewiss eine gute Tat. Ehrlich, der schmeckt noch besser! Bravo!"

„Es freut mich, Madame, dass er Ihnen schmeckt."

„Demütigungen schmecken mir nicht. Demütigen lassen habe ich mich mein Leben lang. Das ist eine Schande, eine wirkliche Schande."

„Ja, eine wirkliche Schande für die Welt", entgegnete Wenkmann. „Ein Freund von mir ist der Meinung, dass alle Menschen unglücklich sind. Die Gedemütigten, weil sie gedemütigt werden, die Hochmütigen, weil sie wissen, dass allein Demut in den göttlichen Himmel führt, ihr Verhalten dagegen geradewegs in die Hölle."

„Verrückter Freund."

Ein Kapitel, in dem Wenkmann einen Flohmarkt besucht, einen rostigen Nagel in die Hand nimmt und eine LEICA erwirbt

Die ganze Nacht über hatte Wenkmann gearbeitet und nun, vollkommen übermüdet, konnte er nicht schlafen. Eine der wenigen Alternativen zum Bett war ein Besuch des Aqueduct Race Track Flea Market, des größten Flohmarktes Neu Yorks. Das Wetter war für einen Julitag nicht besonders gut, bei bedecktem Himmel erreichte das Thermometer knapp 61°F.

Nach mehr als einer Stunde ziellosem Herumirrens zwischen hunderter Verkaufsstände begann Wenkmann zu frieren. „Einen dickeren Pullover", dachte er, als er an einem Altmetallhändler vorbei kam und zweimal hintereinander niesen musste. Während er ein Taschentuch aus der Tasche zog, bewunderte er, wie die Menschen Neu Yorks die Zeit angehalten hatten: alte Fahrräder, emaillierte Gießkannen, verrostete Kleiderständer, geflochtene Metallbehälter sowie Schraubenschlüssel, diverse Zahnräder, Bremsscheiben mit starken Gebrauchsspuren, aber auch diverse Münzen und Metalltelefone mit Wahlscheiben.

Ausrangierte Glücksspielautomaten verstellten Wenkmann den Weg, so dass er gezwungen war, ihn zu verlassen um geradewegs in den Stand des Händlers einzutreten. „Ein toller Trick, aber ich kaufe nichts", rief er dem Händler zu, als er den Stand verließ und wieder auf den Weg einbog, wo wurmstichige Kommoden, die Antiquitäten imitierten und diverse Puzzles mit Alpenpanoramen seinen Weg säumten, Wanduhren, Diverses aus Porzellan, hölzerne Tierfiguren, leere Senfgläser, sowie rostige Nägel und Fotokameras.

Um sich zu vergewissern, nicht Opfer einer Wahrnehmungsstörung zu sein, nahm er einen der rostigen Nägel in die Hand und betrachtete ihn eingehend. Der Händler blickte ihn nickend an. „Schönes Teil, nicht wahr, XXL- Größe.“

„Was soll das?“, fragte Wenkmann.

„Eine Atombombe“, erklärte der Händler. „Nein, falsch, ein verrosteter Nagel.“

„Sie glauben doch nicht etwa, dass den jemand kauft?“

„Das hat nichts mit Glauben zu tun. Ich weiß, dass ich ihn verkaufe, und zwar noch heute. Beim erfolgreichen Verkaufen kommt es ganz auf das Drumherum an, auf den Background, mit dem der Gegenstand in Verbindung steht. Wenn alles stimmig ist, wird, so wahr ich John Smith heiße, der Nagel noch heute Vormittag verkauft.“

„Ihr Name ist gewiss nicht John Smith.“

„Was soll das denn heißen? Wenn sich eine beeindruckende Geschichte um den Nagel rankt, wird alles gut, dann werde ich ihn los.“

„Welche Geschichte sollte diesen Nagel interessant machen können?“, Wenkmann tat erstaunt und war es tatsächlich auch.

„Da gibt es mehrere Möglichkeiten. Eine mögliche Verkaufsstrategie wäre eine Tötungsgeschichte. Man stelle sich vor, dass mithilfe dieses Nagels ein weltberühmter Mann getötet worden ist.“

„Dracula, wie schrecklich! Ist dieser Nagel jemandem ins Herz gestochen worden? Oder denken Sie an eine Kreuzigung, wie sie früher bei den Römern üblich war? - Meines Wissens nach ist kein berühmter Mensch gekreuzigt worden.“

„Stimmt schon, was Sie sagen. Es war auch nur so ein Gedanke von mir. Man stelle sich vor, habe ich gesagt. Man stelle sich vor, dass mit diesem Nagel ein berühmter Mann getötet worden ist."

„Ihre Idee ist wertlos. Der alte Nagel ist wertlos."

„Naja, ganz wertlos ist er nicht. Manchmal kommen Menschen vorbei, schauen sich bei mir um, kaufen etwas und dann kaufen sie noch etwas und kaufen und kaufen. Sie geben zwar nicht viel, aber ich bin die Dinge los. So ein Nagel, ein solch verrosteter Nagel kann gute Dienste tun."

Wenkmann lachte laut auf: „Mit dem würde ich nicht einmal ein Bild an die Wand hängen."

„Überlegen Sie doch einmal", bat der Mann. „Old fashion, das ist der neue Trend. Ein alter Nagel passt gut zu einem alten Bild, verstehen Sie, als Ensemble, der passende Nagel zum Bild. Oder aber man legt ihn zur Dekoration auf einen alten Amboss. Außerdem gibt es heutzutage nur noch Nägel aus nichtrostendem Stahl zu kaufen. Somit ist dieser rostige Nagel, auch ohne atemberaubende Geschichte, eine Rarität und für viele Dinge wie geschaffen."

„Da haben Sie Recht, eventuell ist das ein Verkaufsargument."

Wenkmann wendete sich ab und schlenderte langsam weiter. Hinter einem aus zwei langen Tapeziertischen gebauten Stand mit Geschirr, einer Küchenuhr mit Schlüsselaufzug und zahlreichen Besteckkästen stand ein junges Mädchen. Wenkmann blieb erneut stehen, nahm eine große Kaffeekanne mit Blumenmuster in die Hand und betrachtete sie eingehend.

„Alles, was Sie hier sehen, stammt von meinem Großvater. Er kann nicht mehr für sich sorgen, und uns fehlt für den Plunder einfach der

Platz. Wir müssen seine Wohnung auflösen, da er in ein Pflegeheim soll."

„Irgendwann trifft es alle", dachte Wenkmann und besah sich die alten Gegenstände. „Jeder kommt auf das Abstellgleis."

Neben einem Besteckkasten lag eine Fotokamera. Er nahm sie vorsichtig in die Hand: „Tolles Teil!"

„Mein Großvater ist Fotograf. Die Kamera lag auf dem Boden seines Kleiderschrankes, zusammen mit einer ledernen Aufbewahrungstasche, der Originalverpackung und einer Bedienungsanleitung."

„Geht es ihrem Großvater gut?"

„Ja, hat nur die üblichen Alterswehwehchen."

„Warum kommt er dann in ein Pflegeheim?"

„Gegenfrage: Weshalb interessieren Sie sich für meinen Großvater?"

„Wenn ich etwas kaufe, was ihrem Großvater gehört, dann hat er mich zu interessieren, denken Sie nicht auch?"

„Vielleicht, vielleicht auch nicht."

Als Hobbyfotograf erkannte Wenkmann sofort, dass es sich um eine LEICA M handelt, einer wertvollen Kleinbildkamera. Erst kürzlich hatte er von der ersten LEICA Kamera der Welt gelesen, die für 350.000 Dollar den Besitzer gewechselt hatte.

„Im Zeitalter der Digitaltechnik ist die bestimmt nichts mehr wert", sagte die junge Frau.

„Doch, da täuschen Sie sich. Es gibt Liebhaber, die viel dafür zahlen. Diese Kamera ist ein Traum, für mich aber unbezahlbar."

„Aber Sie wissen doch gar nicht, was ich dafür haben will."

„Sie sagten, Ihr Großvater sei Fotograf?"

„Das war er."

„Welche Fotos hat er gemacht? Sonnenbadende in Long Beach, die Skyline Neu Yorks, Stilleben für Postkarten?

„Nein", entgegnete sie mit empörtem Gesichtsausdruck, „solche nicht. Großvater gilt in Fachkreisen als der vielleicht beste Kriegsfotograf aller Zeiten. Er hat in seinem Leben mehr Not, Elend und Gewalt gesehen als jeder andere Mensch auf der Welt."

„Was soll das für eine Auszeichnung sein, der vielleicht beste Kriegsfotograf aller Zeiten? - Das ist doch schrecklich."

„Aber einer muss es tun. Einer muss das Sterben doch fotografieren. Und nirgends wird soviel gestorben wie im Krieg."

„Da haben Sie Recht", entgegnete Wenkmann. „Mit einer Ausnahme: im Altersheim."

„Die junge Frau lachte. „Wenn Sie meinen, dass Großvater zum Sterben ins Heim gekommen ist, liegen Sie falsch."

„Weshalb denn dann?"

Ein aufkommender Windstoß ließ ihr die braunen Haare ins Gesicht wehen. Mit einer leichten Bewegung ihrer rechten Hand streifte sie sich das Haar hinter die Ohren und begann auf ihren Fußspitzen zu wippen.

Wenkmann beobachtete die junge Frau, die unruhig von einem Bein aufs andere wippte. Ihm fiel eine unschuldige Kindlichkeit an ihr auf, die er nur von jungen Landmädchen her kannte.

„Sie sind in Neu York geboren?", fragte Wenkmann.

„Ja", bestätigte sie.

Das Mädchen war wunderschön anzusehen in ihrem weißen

Wollpullover mit Zopfmuster und den hellblauen Jeans. Er schätzte sie auf 16, vielleicht 17 Jahre.

„Ich habe zuviel Tee getrunken. Ich muss mal", sagte sie, als habe sie die Blicke Wenkmanns bemerkt und wolle ihm ihre wippende Bewegung erklären. „Könnten Sie eventuell für fünf Minuten auf meinen Stand aufpassen?"

Wortlos nickend zwängte sich Wenkmann hinter die Tische, während sie, ohne eine Antwort abzuwarten, schon im Gewühl der vielen Menschen verschwunden war.

Wenkmann betrachtete die Gegenstände, die ordentlich nebeneinander vor ihm lagen. Er nahm einige Dinge in die Hand, wendete sie hin und her, konnte jedoch nirgends ein Preisschild finden.

„Wenn jetzt jemand etwas kaufen will, kann ich nicht einmal einen Preis nennen", dachte er.

Es handelte sich nicht um billigen Plunder, das vor ihm liegende Porzellan verriet Geschmack. Ein Firmenzeichen auf der Rückseite bestätigte seine Vermutung. Es war im Stil neuer Sachlichkeit gefertigt, original Design Bauhaus.

Leute blieben vor den Stand stehen, unter ihnen auch ein älteres Ehepaar. Die Frau hob einen Teller.

„Vorsicht, dies ist nicht mein Stand. Ich bin nur der Aufpasser."

„Selbstverständlich, ich passe auf." Die Frau wandte sich ihrem Mann zu: „Aus Deutschland."

„Ich weiß."

„Bauhaus."

„1938."

„Dies sind Teller einer Wohnungsauflösung", sagte Wenkmann.

„Nicht nur. Damit begann unser gemeinsames Leben", sagte der alte Mann.

„Rehbraten an Preiselbeeren."

„1938."

„Wenn sie irgendetwas kaufen wollen, müssen sie warten, bis die junge Frau wiederkommt, der das alles gehört. Wissen Sie, ich habe wirklich keine Ahnung, was das Zeug kostet."

„Der Preis", sagte die alte Frau, „unermesslich."

Skeptisch besah sich Wenkmann das Geschirr. „Was kann so etwas kosten? Ich vermute, dass es sich ähnlich verhält wie mit dieser Kamera." Er ergriff die LEICA. „Die kostet eine ganze Menge. Ebenso wird es auch mit dem Geschirr sein. Teuer, aber bezahlbar."

„Darf ich mir die Kamera einmal anschauen?", fragte ein gut gekleideter Mann und zog sie aus Wenkmanns Hand.

„Diese Kamera ist unverkäuflich!", rief Wenkmann.

„Unverkäuflich?", wollte eine Frauenstimme wissen.

Als sich Wenkmann umblickte, war er froh. „Na, ein Glück, dass Sie wieder da sind! Ich habe schon befürchtet, Sie seien in die Toilette gefallen. Plumps und weg", lächelte er sie an.

„Fast", sagte die junge Frau. „Sie sagten, dass die Kamera unverkäuflich sei?"

„Ja, weil sie mir gehört."

„Ach, was haben Sie dafür bezahlt?"

„Die Kamera liegt in der gleichen Preiskategorie wie dieses Geschirr, für das sich das Ehepaar interessiert."

„Interessiert ist wohl nicht das passende Wort", widersprach die alte
Frau. „Es ist das Geschirr unserer Hochzeit, 1938."

„Ist lange her." Die junge Frau schien nach etwas zu suchen. „Hier
müsste eine Art Preisliste liegen."

Sie wendete sich an Wenkmann. „Haben Sie zufälligerweise die
Preisliste gesehen?"

„Nein."

„Dann sagen Sie mir einfach, was Sie bezahlen wollen. Nennen Sie
einen Preis."

Das Ehepaar schaute sich fragend an. „Einen Preis", flüsterte die Frau
unsicher.

„Nennen Sie uns einfach eine Summe, und das Geschirr gehört Ihnen",
forderte Wenkmann. Die junge Frau nickte zustimmend.

„Zehn Dollar? Fünfzehn, vielleicht zwanzig Dollar..."

„Gut, zwanzig." Die junge Frau begann das Geschirr in Zeitungspapier
einzuwickeln.

„Aber das Geschirr ist schwer, zu schwer für uns", sagte der alte
Mann, „wir können es nicht mitnehmen."

Auch Wenkmann war dieser Gedanke durch den Kopf gegangen, hatte
sich die alten Leute vorgestellt, wie sie sich mit dem Tragen des
Porzellans abmühen. „Ich bringe es Ihnen nach Hause. Sie wissen
doch: Einer trage des anderen Last!"

„Schöner Spruch, woher kommt der?", wollte das junge Mädchen
wissen.

„Keine Ahnung. Vielleicht steht das in einer religiösen Schrift, oder es
ist mir gerade eingefallen", entgegnete er. „Manchmal

weiß ich selbst nicht, ob es angelesene Gedanken sind, die mich umtreiben, oder ob ich selbst der Urheber meiner Gedanken bin."

„Sie haben es gehört! Herr... wie heißen Sie eigentlich?

„Wenkmann. Balthasar Wenkmann aus Brooklyn."

Das junge Mädchen wendete sich an das alte Ehepaar.

„Sie wollen unseren Namen wissen, junge Frau? Grossman, Hildegard und Herbert Grossman aus Manhattan", erklärte der alte Mann.

„Herr Wenkmann möchte Ihnen helfen. Wohin soll er es bringen?"

„Wir wohnen in der Peter Cooper Village", entgegnete die alte Frau.

„Manna-hatta, wie es die Indianern genannt haben. Manhattan, wunderschönes Manhattan", sagte die junge Frau mit ihrer wohlklingenden Stimme und zog einen Stadtplan aus ihrer Jackentasche. „Mit öffentlichen Verkehrsmitteln ist Manna-hatta leicht zu erreichen. Wenn Sie Glück haben, brauchen Sie nicht einmal umsteigen." Sie blickte auf den Plan. Die Peter Cooper Village war als Wohnort bekannt und begehrt. Es gab lange Wartelisten, da für Neu Yorker Verhältnisse sehr moderate Mieten verlangt wurden.

„Nach Cooper Village möchte ich auch ziehen", sagte die junge Frau nach einer Weile. „Aber es ist schwer."

„Sehr schwer", entgegnete Wenkmann, als er die Tüte mit dem Porzellan in der Hand hielt und leicht aufstöhnte.

„Ich heiße übrigens Isabella", sagte das Mädchen.

Wenkmann, der schon einige Schritte in Richtung U-Bahn gegangen war, drehte sich um: „Isabella, denken Sie bitte daran, dass Sie auf mein Eigentum aufpassen. Die LEICA gehört mir."

„Ja, ja, habe verstanden."

Ein Kapitel, in dem Wenkmann die Geldwirtschaft erläutert wird

„Fahren wir mit Auto?", fragte Wenkmann das Ehepaar, das neben ihm herging.

„Nein, nein, wir wollten doch mit..."

„U-Bahn", entgegnete Wenkmann lachend. „Sie verstehen doch? - Mit U-Bahn. Die anderen fahren mit Auto."

„Ach, Sie fahren auch viel mit der U-Bahn?"

„Nein, nein, es geht um die Sprache. Die jungen Leute sagen heutzutage nicht mehr: Ich komme mit der U-Bahn, sondern: mit U-Bahn. - Die Sprache verändert sich noch schneller als Manhattan.

„Ja, gewiss, alles verändert sich rasend schnell. Der koschere Imbiss, der erst letztes Jahr eröffnet hatte, hat schon wieder geschlossen", sagte die Frau mit einem Kopfschütteln. „Dabei war er so praktisch!"

„Leider", entgegnete ihr Mann, „gut und preiswert. Für uns einfach ideal."

„Öffnen hat seine Zeit und Schließen hat seine Zeit. Schade, dass nichts bleibt, wie es war", erklärte Wenkmann mit einem Augenzwinkern.

„Sie machen sich über uns lustig?", fragte die Frau.

„Nein, nein, nicht doch! Es ist ein Spruch, ein uralter Spruch. Ein jegliches hat seine Zeit. Lieben und Hassen, Bauen und Abreißen, Reden und Schweigen. Davor und danach kommt Geburt und der Tod, kommt das Pflanzen und das Ausreißen. Im Leben hat alles seine Zeit. Weinen hat seine Zeit, Lachen hat seine Zeit ebenso wie das Tanzen seine Zeit hat. - Steine werfen hat seine Zeit, Steine sammeln hat seine Zeit. Suchen, Verlieren, Behalten, Wegwerfen und Zerreißen, das alles hat seine Zeit. Krieg hat seine Zeit und der Friede auch. Man mühe sich ab, wie man will, so hat man keinen Gewinn davon."

„Das habe ich schon einmal gehört. Was ist das?"

„Das ist aus dem Tanach, Buch Kohelet, drittes Kapitel."

„Ja, jetzt erinnere ich mich", erklärte die Frau. „Man mühe sich ab, man hat keinen Gewinn."

„Aufpassen, nicht so nahe an die Gleise", warnte der alte Mann im U-Bahnhof, als Wenkmann die Tüten vor sich hinstellte. „Die Erschütterungen könnten das Geschirr beschädigen."

Als der Zug in die Station einlief stiegen die drei ein und setzten sich auf einen der vielen leeren Plätze.

„John Cooper Village, ein guter Wohnort?", fragte Wenkmann.

„Nicht...", sagte das Ehepaar gleichzeitig. „Nicht mehr. Ein heikles Thema", fuhr der Mann fort „das gesamte Areal ist vor einigen Monaten verkauft worden. Die bisherigen Mieter haben versucht mitzubieten, als bekannt wurde, dass der Besitzer, eine Versicherungsgesellschaft, die Siedlung verkaufen will. Aber ein Immobilienmagnat hat mehr geboten. Wir beide", der Mann zeigte auf seine Frau, „waren stark im Mieterverein engagiert. Nicht wahr, Hilde, es ist eine Schande. Es ist eine Schande mit ansehen zu müssen, wie viele Mieter ihre Wohnungen verlassen müssen, weil der neue Besitzer ortsübliche Mieten verlangt. Die letzten Freunde, die wir noch haben, ziehen fort. Es ist eine Schande, wir sind sehr traurig."

„Die Mieten werden unbezahlbar", ergänzte die Frau.

„Schei – benkleister!", stieß Wenkmann hervor. Ihm fiel der Artikel in der Neu York Times ein, den er kürzlich über die Luxussanierung der freiwerdenden Wohnungen gelesen hatte. „Ich habe darüber gelesen. Sie haben Recht, es ist ein Verbrechen. Was dort geschieht, ist ein Verbrechen."

„Was soll man machen?", fragte der alte Mann resigniert. „Geld regiert die Welt. Unsere geliebte Stadt Neu York hat ein Problem."

„*Ein* Problem?"

„Ja, Sie haben Recht, viele Probleme. Das Geldproblem ist eins davon, vielleicht das größte. Es ist falsch, dass Geld gekauft und verkauft werden kann. Anders wäre es besser. Es müsste ein Geldsystem installiert werden, dass die Wirtschaft nicht durch Zins und Zinseszins antreibt, sondern durch eine monatliche Gebühr. Bargeld dürfte nur mit begrenzter Laufzeit ausgegeben werden, dass bei Erreichen des Laufzeitendes gegen Zahlung einer Gebühr gegen neues, gültiges Geld eingetauscht werden muss. Dieses fließende Geld wäre ein einfaches Tauschmittel und stünde auf einer Stufe mit all den anderen Gütern, die verrosten, verschimmeln und verfaulen können."

„Interessant, ein Zinsverbot. Geld sollte also ihrer Meinung nach seine Sonderstellung unter den Gütern verlieren."

„Sie haben es begriffen, Gratulation!", rief die Frau und sah ihren Mann triumphierend an. „Siehst du, Herbert, du behauptest doch immer, dass deine Theorie der kleine Mann von der Straße nicht versteht. Hier ist der Gegenbeweis."

„Sind Sie der kleine Mann von der Straße?", fragte der alte Mann.

„Ein bisschen schon", entgegnete Wenkmann. „Ich verstehe weder etwas von Geld noch von der Wirtschaft oder gar von der Börse. Aber ich verstehe etwas von heiligen Schriften und kenne die Schrift, die das Zinsverbot fordert."

„Eine Schrift, die Zinsen verbietet?"

„Ja, der Tanach, es ist der Tanach. Schemot 22,24; Wajikra 25, 35-38, Devarim 23, 20-21, Jechezkel 22,12, Psalm 15,5; Buch der Sprichwörter 28,8."

„So, so, der Tanach. Und Sie kennen den auswendig, den Tanach?"

„Ich weiß, was drinsteht und was nicht."

„Eine Heilige Schrift, die dabei hilft Probleme zu lösen. Ist doch toll."

„Ja, das wäre wirklich toll. Aber Neu Yorks Probleme kann man nicht lösen. Es existiert keine heilige Schrift, die die Probleme Neu Yorks lösen könnte. Die Probleme Neu Yorks sind unlösbar, auch ein Zinsverbot würde nicht helfen."

Der alte Mann nickte: „Vermutlich ist es genauso, wie Sie sagen. Wahrscheinlich ist aber das genaue Gegenteil der Fall. Ein Zinsverbot wäre der erste, wichtige Schritt, um die Probleme in den Griff zu bekommen."

Ein Kapitel, in dem Wenkmann beim Kaffeetrinken mit dem Ehepaar Grossman einen Belichtungsmesser kennen lernt und ein Flugticket ins Heilige Land erhält

Als die drei den Bahnhof verließen um zu Fuß in die Peter Cooper Road zu gelangen, eine der wenigen Straße Manhattans, die nicht kerzengerade verläuft, sondern sich schlängelt, waren es noch wenige Schritte bis zum Ziel, einem aus Ziegelsteinen erbautem Mehrfamilienhaus.

„Eine geradezu ländliche Wohngegend für Manhattans Verhältnisse",
sagte Wenkmann, „wirklich schön. „Und der East River ist nur wenige
Meter entfernt."

„Freunde von uns - schon lange verstorben - hatten drüben ein Boot
liegen."

„Eine Yacht", fiel die Frau ihrem Mann ins Wort. „Ein Boot ist etwas
anderes. Familie Rankovitz besaß eine Yacht. Eine richtige Yacht mit
Kajüte, mehreren Schlafzimmern und einem Badezimmer, das größer
war als unsere gesamte Wohnung."

„Ja", stieß der alte Mann hervor, „das Badezimmer war riesengroß."

„Aus, vorbei, vorüber. Nichts ist für ewig...", sagte der alte Mann und
es klang ein bisschen sentimental, so, wie er es sagte. „Die gesamte
Familie ist bei einem Flugzeugunfall ums Leben gekommen. Mutter
Rankovitz, der Vater, der Sohn und auch die Tochter. Das war 1988."

„Die Tochter hat bei den Neu York Symphoniker gespielt, Geige."

„Ja, eine sehr talentierte Musikerin."

Die alte Frau war die kleine Treppe zur Haustür vorangegangen und
schloss sie auf.

Wenkmanns Blick fiel auf das Namensschild neben der Türklingel.
Den Namen Herbert Grossman hatte er schon einmal gehört. Er
überlegte, in welchem Zusammenhang.

„Ist es möglich, dass wir uns schon einmal begegnet sind?"

Die drei stiegen die Treppe hinauf und blieben vor einer eichenen
Wohnungstür stehen.

Wenkmann fiel die Mesusa ins Auge, ein Holzkästchen am Türpfosten,
das das jüdische Glaubensbekenntnis enthält.

27

„Ob wir uns schon einmal begegnet sind?", Herr Grossman betrat zuerst den kleinen Flur, der in ein kleines Esszimmer mit Rundtisch und vier Holzstühlen führte, nahm die Tüte mit dem Porzellan und verschwand in ein Nebenzimmer.

Wenkmann schaute um die Ecke ins Wohnzimmer, das ebenso wie das Esszimmer und der aus dem Wohnzimmer gehende Flur mit einem dunklen Holzdielenboden ausgelegt war.

„Nehmen Sie doch bitte Platz", bat Frau Grossman und zeigte auf das Sofa, das wie die zwei Sessel an der Kopfseite des Wohnzimmertisches mit einem dunkelgrünen Samtbezug bezogen war.

„Danke, sehr freundlich."

„Wollen Sie einen Kaffee trinken? Limonade?"

„Kaffee, wenn es keine Mühe macht."

„Das ist keine Mühe, das ist mir eine Freude."

Wenkmann blickte sich um. Das Wohnzimmer war rechteckig, die Fensterfront befand sich an der schmalen Seite des Raumes links von ihm.

„Hübsch haben Sie es hier", meinte Wenkmann.

„Na ja, nicht besonders groß, aber uns genügt es."

Neben der Essecke, dem Wohnzimmer und dem Badezimmer gab es noch ein größeres Schlafzimmer und ein kleineres Gästezimmer.

„Nett hier", wiederholte Wenkmann.

Herr Grossman kam mit einer kleinen Ledertasche ins Wohnzimmer und setzte sich auf den Sessel.

„Hier habe ich etwas für Sie, sozusagen als kleines Dankeschön."

„Das ist wirklich nicht nötig. Es hat mir Freude gemacht, Ihnen einen

Gefallen tun zu dürfen."

„Doch, doch, das müssen Sie annehmen", Herr Grossman öffnete den Druckverschluss. „Sie haben dem jungen Mädchen eine LEICA M abgekauft. Haben Sie schon einmal daran gedacht, dass Sie einen Belichtungsmesser benötigen?

Wenkmann schaute erstaunt. „Ich?"

Herr Grossman lachte: „Sie nicht, Sie brauchen keinen. Aber ihre Kamera, die LEICA M2, die braucht so etwas. Das hier", Grossman hielt den Belichtungsmesser in die Höhe, „ist ein Leicameter Modell MR-4, der ab 1967 sowohl in einer hell verchromten als auch in einer schwarz lackierten Ausführung produziert worden ist. Übrigens wurde seine Produktion erst eingestellt, nachdem die LEICA M6 einen eingebauten TTL-Belichtungsmesser bekam. Nun zu meiner Frage: Die Kamera selbst weiß nicht, ob die Sonne scheint, ob es regnet oder schneit. Die Kamera weiß von alledem nichts. Und weil sie von alledem nichts weiß, haben schlaue Leute diesen Belichtungsmesser erfunden, mit dessen Hilfe die Lichtverhältnisse ermittelt werden können. Die gemessenen Werte werden dann an der Kamera selbst in Form der Blendengröße und der dazu erforderlichen Belichtungszeit eingestellt."

„Sie kennen sich gut aus."

„Das soll wohl sein. Ich bin damals bei LEICA als Feinmechaniker in die Lehre gegangen. Als ich Deutschland zusammen mit meiner Frau verlassen habe, 1938 im Spätsommer, und in Neu York angekommen bin, habe ich Jahre später ein kleines Fotofachgeschäfte eröffnet, aus dem dann Mitte der Sechziger eines der größten Neu Yorks wurde.

Fotoapparate der Firma LEICA waren unser Produktschwerpunkt."

Wenkmann nahm den Belichtungsmesser und betrachtete ihn eingehend.

„Ich dachte, Sie seien Volkswirtschaftler, wegen der Geldtheorie."

„Ein Nebenjob, man könnte es auch Hobby nennen", rief Frau Grossman aus der Küche heraus. „Dieses Hobby hat drei Fachbücher über das Finanzwesen hervorgebracht."

„Ha!", stieß Wenkmann hervor. „Jetzt habe ich es! Deshalb kam mir ihr Name bekannt vor. Sie sind dieser Protestmensch, der gegen die Globalisierung argumentiert, weil die armen Länder durch sie noch ärmer werden."

„Vereinfacht ausgedrückt... so in der Richtung. Aber jetzt und hier geht es um den Belichtungsmesser ihrer LEICA. Dass wirklich wunderbare ist, dass dieser Belichtungsmesser farblich einwandfrei zu ihrer M2S passt. Beide sind verchromt und, wenn ich mich recht erinnere, im selben Jahr produziert worden, nämlich 1967. Mit der LEICA M2S haben Sie eine ganz hervorragende Kamera erworben. Wenn Sie mich fragen, eine der besten. Sie ist bis zu ihrer Produktionseinstellung 1967 insgesamt über 80.000 mal verkauft worden, überwiegend mit Chromgehäuse. Es gibt Experten, die meinen, in Wahrheit sei die LEICA M2 die erfolgreiche Schwester der LEICA MP, weil damals an jede M2 der Leicavit-Rapidaufzug angesetzt werden konnte."

Wenkmann zog die Schulter hoch. „Alles böhmische Dörfer, ich verstehe nur Bahnhof."

„Egal", befahl Grossman, „auf alle Fälle sollten Sie sich als Neueigentümer Grundwissen über diese Kamera aneignen. Wir in

30

Amerika sprechen von der LEICA M2S und meinen eine 1966 für die US Army hergestellte Serie, die serienmäßig mit der Aufwickelspule der M4 samt entsprechender Bodenplatte ausgestattet worden ist. Das S findet sich nicht in der Gehäusenummer vorangestellten Typenbezeichnung und auch nicht in der werkseitigen Typenbezeichnung."

Frau Grossman brachte den Kaffee und goss ihn in die neu erworbenen Tassen. Wenkmann nahm einen Schluck: „Dies ist ein wirklich guter Kaffee", sagte Wenkmann, erleichtert darüber, das Gesprächsthema wechseln zu können. „Hochlandbohnen?"

Er genoss das Getränk und freute sich, an einem Samstagnachmittag inmitten Manhattans zu sitzen und einen guten Kaffee zu trinken.

„Ein wirklich guter Kaffee", wiederholte er, als Herr Grossman im Begriff war, das Thema LEICA wieder aufzugreifen.

„Dieser Kaffee ist kein Supermarktkaffee."

„Fairer Handel, in der 26igsten Straße. Die Kaffeebauern erhalten das dreifache der sonst üblichen Kilopreise", Frau Grossman sah Wenkmann an: „Aber das macht den Kaffee natürlich noch nicht per se besser."

„Das nicht, aber er *ist* einfach besser. Ohne Frage."

Frau Grossman schien verstanden zu haben, dass der Gast keine Lust mehr verspürte, über die Fotokamera zu sprechen.

„Die Ausbeutung Afrikas hält an. Der Kontinent verarmt immer mehr."

„Meine Frau ist im örtlichen Afrika- Komitee, Sie sprechen mit einer Fachfrau."

„Ach ja? Meine Vorfahren väterlicherseits kommen aus Afrika", sagte

Wenkmann.

„Afrika ist groß."

„Egyptah. Mein Vater wurde in Alexandria geboren."

„Ein Einwandererschicksal genau wie wir."

„Ja, genau wie wir", wiederholte Frau Grossman. „Bevor wir in die Staaten kamen, nach Neu York, lebten wir in der Mitte von Europa, in Deutschland. Mein Mann und ich haben uns 1936 kennen gelernt, im Kaffeehaus meine Eltern in der Frankfurter Altstadt. Die LEICA - Werke hatten im Spätsommer einen Betriebsausflug unternommen und bei uns einige Tische reserviert, um sich im Anschluss an eine Stadtbesichtigung ein wenig auszuruhen und zu stärken."

„Ja, das ist richtig", bestätigte Herr Grossmann, „wir hatten 1936 einen Betriebsausflug nach Frankfurt gemacht. Von Wetzlar, von den LEICA - Werken, bis nach Frankfurt sind es ungefähr 45 Meilen."

„Herbert hat gleich mit mir zu flirten begonnen, gleich als ich ihm den Frankfurter Kranz serviert habe mit einer großen Tasse Kaffee."

„Das weißt du noch so genau?"

„Aber sicher weiß ich das noch genau. Und mein Vater hätte ihn beinahe vor die Türe gesetzt, den Herbert, weil er doch so sehr mit mir geflirtet hat. - Ja, so war das damals. Am nächsten Wochenende hat er wieder bei uns gesessen, am Sonntag im Kaffeehaus, und hat mich in ein Lichtspielhaus eingeladen. Im Dezember 1938 endete das alles schließlich mit der Hochzeit und dem Rehbraten an Preiselbeeren."

„Das war nicht das Ende", unterbrach Herr Grossmann seine Frau, „das war der Anfang. Der Anfang vom Ende."

„Ja, gewiss. Es war der Anfang vom Ende unseres gemeinsamen

Lebens in Deutschland."

„Meinst du, wir wären in Deutschland glücklich geworden?"

„Herbert, das fragst du mich nun schon seit über 60 Jahren. Und du sagst seit 60 Jahren Deutschland, meinst aber das Heilige Land. Ich kann dir nur immer wieder die eine Antwort geben: Herr Leitz, der Besitzer der LEICA - Werke hat Juden wie dich, Juden wie wir es sind, in seinem Betrieb in Wetzlar als Lehrlinge eingestellt und sie dann nach der Ausbildung nach Neu York in die Filiale von LEICA in die Fifth Avenue geschickt. So kamen wir nach Neu York, genau so, und nicht ins Heilige Land. Ob wir ohne Herrn Leitz Deutschland überhaupt verlassen hätten, steht in den Sternen."

„In den Sternen steht nichts darüber, nur in der Neu York Times, wo fast täglich etwas von den Schwierigkeiten im Heiligen Land zu lesen ist. Vielleicht hätten wir damals mithelfen sollen, die Schwierigkeiten im Heiligen Land zu beseitigen, anstatt hier in sicheren Verhältnissen zu leben."

„Das sagst du auch immer, Herbert, seit 60 Jahren sagst du immer dasselbe. Vom materiellen Standpunkt her war es gewiss eine gute Entscheidung, hierhin zu gehen. Hier in den Staaten hat niemand etwas gegen unsere Einwanderung gehabt, hier ist es uns immer gut gegangen."

„Und doch bleibt dieser bittere Beigeschmack. Die Menschen dort hätten uns vielleicht dringender gebraucht. Mit meiner handwerklichen Erfahrung hätte ich einen Betrieb eröffnen können, hätte mir meinen großen Traum erfüllen können von der Fabrik für Fotoapparate. Das hätte vielen Menschen dort in Lohn und Brot gebracht. Und ich hätte..."

„Das hat unser Fotogeschäft hier in Neu York auch. Unser Geschäft hier hat viele Menschen in Lohn und Brot gebracht."

„Ja, das hat es. In Neu York."

„Was vorbei ist, ist vorbei. Lass uns nicht mehr darüber reden."

„Verzeihung", unterbrach Wenkmann, „waren sie schon einmal im Heiligen Land?"

„Sonderbar, dass Sie danach fragen. Wir haben Tickets gekauft. Morgen soll es losgehen."

Herr Grossman drehte sich seiner Frau zu, forderte sie auf, mit ihm in die Küche zu gehen, wo sie einige Minuten heftig miteinander redeten. Dann kamen sie gemeinsam zurück und Frau Grossman drückte ihm einen Briefumschlag in die Hand. „Wenn Sie von ihrer Reise zurückkommen, müssen Sie uns unbedingt wieder besuchen und berichten. Wir sind sehr neugierig."

Wenkmann hob die Augenbrauen: „Ich habe keine Reise vor."

„Doch, morgen geht der Flug."

Wenkmann starrte den Umschlag an und spielte mit dem Gedanken, ihn zu öffnen.

„Der bleibt zu, den öffnen Sie erst morgen früh um 5 Uhr 30 am Newark Liberty International Airport in New Jersey", sagte Herr Grossman und zog Wenkmann Richtung Ausgangstür: „Und vergessen Sie bitte ihren Belichtungsmesser nicht. Und, ehe ich es vergesse: Hier ist noch ein Buch über ihre LEICA. Wenn einer eine Reise tut, hat er viel Zeit zum Lesen", sagte er noch, während die Tür hinter ihm ins Schloss fiel.

Schnellen Schrittes verließ Wenkmann kopfschüttelnd das Haus um auf kürzestem Wege zum Flohmarkt zu eilen, hin zum Stand des jungen Mädchens, die ihm sofort die Kamera mit den Worten in die Hand drückte: „Ich habe die Familie Grossman vor etwa einer halben Stunde angerufen - ihre Telefonnummer war glücklicherweise leicht herauszufinden - um zu fragen, wo Sie bleiben. Mir wurde gesagt, dass Sie auf dem Wege seien. Es hat wieder einen Anschlag gegeben mit 100 Toten."

„Wo?"

„Im Heiligen Land. Ein Selbstmordattentäter hat heute einen Sprengsatz in einem Straßencafé gezündet und mindestens 100 Menschen in den Tod gerissen. Schon gestern hat sich ein Selbstmörder vor einer Bäckerei in die Luft gesprengt und 24 Menschen getötet. Das ist der Grund, weshalb das Ehepaar Grossman nicht fliegen will. Das wollen sie sich nicht mehr antun, nicht mehr in ihrem Alter. Aber Sie sollen fliegen, Herr Wenkmann. Sie sollen dorthin, um mit ihrer Kamera Fotos zu machen. - Wo wohnen Sie?"

„Brooklyn."

„Das trifft sich gut. Auch mein Großvater wohnte in Brooklyn. Wir müssen aus seiner alten Wohnung noch die Kameratasche und die Bedienungsanleitung holen. Wenn Sie mir beim Abbau des Verkaufstands helfen, geht es schneller."

„Kommen Sie mit?", fragte Wenkmann. „Die Grossmans haben bestimmt zwei Tickets fürs Heilige Land."

„Davon ist mir nichts bekannt. Außerdem muss ich die Wohnung meines Großvaters auflösen. Ich habe also gar keine Zeit, mitzukommen."

„Schade", seufzte Wenkmann.

Ein Kapitel, in dem Wenkmann in den Nahen Osten fliegt und einen wahrheitsliebenden Mathematiker sowie eine schwangere Frau namens Elisabeth Zacharias kennen lernt

Am frühen Morgen traf Wenkmann am Newark Liberty International Airport in Newark ein.

Er kannte die neuesten Sicherheitsbestimmungen nicht und war überrascht, dass Kosmetikartikel, Toilettenartikel sowie Getränke und Flüssigkeiten jeglicher Art nicht im Handgepäck erlaubt waren.

„Notebooks, Mobiltelefone sowie Arzneimittel, die während des Flugs benötigt werden, dürfen Sie selbstverständlich im Handgepäck mit sich führen", erläuterte eine Flughafenangestellte.

Wenkmann verlangte einen Nichtraucherplatz am Fenster und erfuhr, dass an Bord das Rauchen grundsätzlich untersagt sei.

„Der Kunde ist König", sagte die Angestellte und überreichte ihm nach kurzer Zeit lächelnd die Bordkarte. „Sie müssen sich ein wenig beeilen. Es wird höchste Zeit, in den Wartesaal zu gehen."

„Ich werde mich nicht abhetzen", dachte Wenkmann. „Wenn ich König bin, dann ist das hier mein Königreich, dann bestimme ich, wie's läuft."

Nach einem kurzen Aufenthalt im Wartesaal wurden die Passagiere aufgefordert, sich zum Ausgang zu begeben, um von einem Bus Richtung Flugzeug abgeholt zu werden.

Die Boeing 737 war ein Flugzeug, das Wenkmann gut kannte.

„Im ersten Augenblick ist es bequem", dachte er, als er sich in der 26. Reihe in den Sitz fallen ließ. Es würde jedoch nur eine Frage der Zeit sein, bis es unbequem wurde.

„Spätestens in einer Stunde schmerzen mir die Beine." Er stieß sein Knie gegen den Vordersitz und versuchte vergeblich eine bequeme Position zu gewinnen.

Vier Stewardessen halfen den übrigen Passagieren an ihre Plätze und öffneten die Spinde für das Handgepäck über den Sitzplätzen.

„Bitte sehr", sagten sie unablässig, und: „Vielen Dank!"

Nachdem alle Passagiere auf ihren Plätzen saßen und das Flugzeug langsam anzurollen begann, wurden Sicherheitshinweise vorgelesen.

Die Passagiere wurden auf die Notausgänge hingewiesen, erhielten Instruktionen zum Schließen der Sicherheitsgurte sowie Informationen über Sauerstoffmasken und Schwimmwesten.

„Hilf dir selbst, dann hilft dir Gott!", dachte Wenkmann. „Wenn ich mich aus einer unangenehmen Situation befreien muss, bin ich darauf angewiesen, mir selbst zu helfen."

Er zählte die Anzahl der Sitzreihen zwischen dem eigenen Sitzplatz und dem nächstliegenden Notausgang, damit er selbst bei Dunkelheit den Ausgang finden konnte. „Vorsicht ist die Mutter der Porzellankiste und ist besser als Nachsicht."

Vorbereitet zu sein auf den schlimmsten Fall, auf das denkbar schlimmste aller zu erwarteten Ereignisse war seine Devise, wenn er flog. Das Flugzeug begann langsam über das Rollfeld zu fahren, bis es an die eigentliche Beschleunigungsbahn gelangte. Nach wenigen

Sekunden dröhnten Triebwerke, woraufhin sich die Geschwindigkeit des Flugzeugs erhöhte. Nach einigen Sekunden wurde er gegen den Sitz gedrückt, wenige Augenblicke später hob das Flugzeug ab und stieg senkrecht in die Höhe.

Während des Steilflugs blickte er sich um. Rechts neben ihm saß ein kahlköpfiger Mann mit Nadelstreifenanzug und hellblauem Hemd. Am Gang saß eine Frau in Jeans und rosa Bluse.

Zehn Minuten nach dem Abflug ertönte eine Stimme und verkündete die aktuelle Flughöhe von 11.000 Fuß. Des Weiteren erklärte die Stimme das Wetter für gut und wies vorsorglich darauf hin, dass während des Fluges mit starken Turbulenzen zu rechnen seien. Deshalb wurde den Passagieren geraten den Sicherheitsgurt angelegt zu lassen.

Wenkmann erinnerte sich an frühere Flüge, bei denen der Pilot kaum ein Wort an die Passagieren gerichtet hatte. Dieser jedoch meldete sich immer wieder einmal. So wies er darauf hin, dass sie sich über dem Atlantik befänden oder aber er bedankte sich überschwänglich dafür, dass die „sehr verehrten Damen und Herren Passagiere" seine Airline gewählt hatten.

„Quasselkopf", dachte Wenkmann, „der hört sich gerne reden."

Für die nach einer Stunde einsetzenden Turbulenzen konnte er den Pilot verantwortlich machen. Das Flugzeug befand sich in einer Unwetterwolkendecke. „So etwas muss ein guter Pilot in weiser Voraussicht doch umfliegen!" Wenkmann hatte das Gefühl, in einem alten Auto zu sitzen, das schnell von einem hohen Berg aus auf grobem Kopfsteinpflaster ins Tal hinab raste. Ihm drehte sich der Magen.

Sein Nachbar wendete sich ihm zu und wies mit der Hand auf die Spuckbeutel. „Benutzen Sie den, nicht meinen Anzug!"

„Sehe ich so schlecht aus?"

„Reine Vorsichtsmaßnahme", entgegnete der Nachbar.

Wenkmann schaute aus dem Fenster in ein schnell vorüberziehendes Grau in Grau.

Da es nach Neu Yorker Zeit schon sehr spät war, wies die Stewardess darauf hin, dass wer wolle, vor dem Schlafen einen kleinen Imbiss zu sich nehmen könne.

„Danke, sehr freundlich, aber ich glaube nicht, dass in unserer Reihe jemand etwas will", erklärte der Nachbar.

„Das stimmt so nicht." Die am Gang sitzende Frau war aufgewacht.

Wenkmann nickte zustimmend und begann zu bestellen.

Es gab ein kleines Omelette mit Schinken und Tomaten, dazu ein Croissant mit Butter, Schmelzkäse und Marmelade. Wenkmann bestellte einen Tomatensaft.

„Denken Sie bitte an die Turbulenzen und ihren Magen", forderte der Nachbar, als Wenkmann im Begriff war, einen zweiten Tomatensaft zu bestellen.

„Sie nerven!"

„Verzeihung, ich will nicht unhöflich sein", entgegnete der Nachbar, „aber ich bin Mathematiker, Statistiker um genau zu sein. Wahrscheinlichkeiten aller Art sind meine Spezialität."

„Nervosität?"

„Nein, Wahrscheinlichkeiten sind meine Spezialität. Ich weiß eben, dass sich nahezu jeder Zehnte bei sehr starken Bewegungen des

39

Flugzeuges übergeben muss. Statistik ist etwas, was sich nicht belügen lässt. Das ist Wahrheit, die mich zugegebenermaßen in ihrem Fall auch etwas nervös macht."

„Wahrheit", sagte Wenkmann, der sich darüber wunderte, dass jemand in diesem Zusammenhang den Wahrheitsbegriff gebrauchte. „Wahrheit ist nur ein Konstrukt unseres Gehirns."

„Wir sitzen nebeneinander im Flugzeug", entgegnete der Mathematiker, „das ist Wahrheit, die sich das Gehirn nicht konstruiert."

„Das wir beide nebeneinander im Flugzeug sitzen ist eine Realität, nichts weiter als ein Produkt unserer gemeinsamen Vorstellungswelt. Aber ob das alles wahr ist, steht auf einem ganz anderen Blatt. Wir könnten ebenso in einem Flugsimulator in Disney Park Florida sitzen um in dieser gemeinsamen Vorstellungswelt zu leben. Es gibt keinen Unterschied zwischen Lüge und Wahrheit in dieser Welt, glauben Sie mir das."

„Gibt es doch!", erklärte der Mathematiker.

„Nein, keinen Unterschied", bestätigte Wenkmann, „Schönheit entsteht im Auge des Betrachters, nirgendwo sonst. Genauso ist es mit den anderen Dingen des Lebens."

„Kennen Sie Bach?", fragte der Mathematiker nach einer Weile.

„Johann Sebastian?"

„Ja. Der hat seine Wahrheiten in Form von Geheimbotschaften in seinen Musikwerken versteckt, und ich bin zusammen mit einem Kollegen gerade dabei, sie zu entschlüsseln. Es geht um auffällige Zahlenmuster, die eine komplexe Botschaften enthalten. Es ist unglaublich, wie Bach Hinweise zu religiösen Texten verschlüsselt in seinem Werk eingebaut hat. Das ist eine Wahrheit kann ich Ihnen sagen, eine unfassbare große Wahrheit."

Wenkmann nickte: „Ich kann mir vorstellen, wie interessant das alles ist. Ich selbst beschäftige mich auch mit religiösen Texten, habe sie studiert. Keine verschlüsselten, sondern unverschlüsselte."

Der Mathematiker grinste zufrieden. „Natürlich nicht. Das ist auch etwas für Fachleute wie mich, nichts für Priester oder dergleichen. Das, was ich mache hat im Grunde genommen auch nichts mit Religion zu tun, sondern mit menschlich logischer Kopfarbeit. Meine Arbeit besteht darin, Religion rational werden zu lassen. Wie Sie als Studierter sicherlich wissen, ist jeder Buchstabe im Tanach nicht nur bloßer Buchstabe, sondern gleichzeitig auch eine Zahl, die eine ganz besondere Bedeutung besitzt."

„Sie sprechen von der Kabbala?"

„Exakt. Die gehört in die Reihe der erprobten Methoden, um versteckte Bedeutungen in Wörtern und Sätzen und mehrfache Bedeutungsschichten innerhalb gewöhnlicher Erscheinungen offenzulegen. - Kabbalistisch ist auch Johann Sebastian Bach vorgegangen. Jeder seiner Musiknoten hat er die entsprechenden Zahlen aus dem lateinischen Zahlenalphabet zugeordnet und zwar nach einem ganz bestimmten, ausgeklügelten System. Die Note A als erster Buchstabe des Alphabets steht logischerweise für die Eins, das B für die Zwei, das C für die Drei, und so weiter. Halbtöne bekommen den Wert der Buchstaben, aus denen sie zusammengesetzt sind, das Fis den Wert 33."

„Sehr interessant, aber ich verstehe nicht, worauf Sie hinauswollen."

„Das will ich Ihnen sagen: Der numerologische Wert des Namens Johann Sebastian Bach beträgt 58 plus 86 plus 14 gleich 158. Und genau diese Zahl finden sich in den 15 Tönen des Schlusstaktes der Fuge in G-Moll wieder, wenn man deren Zahlenwerte addiert. Damit hat Bach sozusagen seine Unterschrift unter das erste Satzpaar gesetzt. Das ist es. Das ist eine der mehrfachen Bedeutungsschichten innerhalb der gewöhnlichen Erscheinung Fuge in G-Moll. Ich als Mathematiker schaue hinter die Kulissen, schaue hinter die Wahrheit um sie zu ergründen."

„Die Wahrheit, die Wahrheit", wiederholte Wankmann. „Und was stellen Sie dann mit ihr an, wenn Sie sie gefunden haben?"

„Nein, das verstehen Sie falsch. Ich spüre der Wahrheit nach, nichts weiter. Ich finde sie, die Wahrheit. Was dann damit geschieht, ist nicht meine Sache. Das ist nicht mein Bier, wie es so schön heißt. Da gibt es andere, die damit weiterarbeiten, und ehrlich gesagt interessiert es mich auch gar nicht, was die da oben", der Mathematiker zeigte vielsagend in den Himmel, „damit anfangen."

„Da oben", wiederholte Wenkmann. „Sie fliegen nach Jelem der Wahrheit wegen?"

„Richtig, Bingo. Um genau zu sein geht es darum, eine Volkszählung vorzubereiten."

„Im Heiligen Land?"

„Treffer, versenkt, eine Volkszählung ebendort", erklärte der Mann und ließ einen Kugelschreiber auf sein Knie fallen. „Sehen Sie hier!"

Er öffnete mit einer ruhigen Bewegungen einen Laptopkoffer,

anschließend den Laptop um eine Worddatei anzuklicken.

„Kommen Sie, sehen Sie, staunen Sie! Werfen Sie einen Blick auf den von mir erstellten Anforderungskatalog. Die Volkszählung im Heiligen Land soll sowohl die exakte Anzahl der Einwohner bestimmen als auch Zahlenströme der Flüchtlinge, Umsiedler und Heimatvertriebenen. Die gewonnene Datenmenge soll weiterhin helfen, nähere Kenntnisse über die Einkünfte der Bewohner zu erhalten und finanzpolitische Maßnahmen durchzuführen. Um die Genauigkeit der Daten zu erhöhen, werden sie einer Regressionsanalyse unterzogen, die untersucht, welche Faktoren aus einer Vielzahl von möglichen Faktoren einen statistisch signifikanten Einfluss auf eine Variable haben - und in welche Richtung dieser Einfluss geht."

Wenkmann blickte aus dem Fenster. Grauweiße Wolkenfetzen flogen vorüber, brachen ab, nach wenigen Sekunden flogen neue Wolkenfetzen heran.

„Alles bruchstückhaft, die Wolken ebenso wie die Statistik", dachte Wenkmann laut.

„Wie bitte?" Der Mathematiker stieß ihn an. Wenkmann blickte zur Seite, sah, wie der Kugelschreiber des Nachbarn über ein Blatt Papier huschte um eine Kurve zu zeichnen. „Hier sehen Sie die Einwohnerentwicklung des Heiligen Landes der letzten 20 Jahre." Wenkmann sah weg, blickte gelangweilt aus dem Fenster, wo erneut Wolkenfetzen an ihm vorüberzogen.

„Sehen Sie doch bitte her, hier können Sie etwas lernen. Diese Kurve zeigt..."

Wenkmann drehte sich um, sah in ein tiefrotes Gesicht mit geschwollenen Schläfen- und Halsadern. Der Statistiker warf seinen Oberkörper nach vorne und rang nach Luft.

Wenkmann zog schnell den Laptop unter seinem Oberkörper hervor, stellte ihn neben sich, schnallte sich ab, stand auf und schrie: „Ein Notfall, hier braucht ein Mann ärztliche Hilfe!"

Eine Stewardess kam gerannt, befreite den Mann vom Gurt und zog ihn mit Hilfe der Nachbarin auf den Gang, wo der Mann nun zusammengekrümmt abgelegt wurde.

„Es könnte eine Kolik sein. Mund - und Rachenraum sind geschwollen", referierte die Stewardess.

Ein Steward kam eilig heran und zog den Mann langsam in den hinteren Teil des Flugzeugs.

„In einem Flugzeug möchte ich nicht krank werden", ging es Wenkmann durch den Kopf.

Ein Kapitel, in dem die wirklichen Hintergründe der Volkszählung deutlich werden

Die neue Situation hatte auch etwas Gutes, endlich hatte er Platz. Wenkmann griff an die Seite und nahm den Laptop auf den Schoß um nachzuschauen, welche Spiele er spielen könnte. Er hoffte sehr, sich gut damit die Zeit vertreiben zu können.

Er klappte den Monitor auf, betrachtete die Icons. Bevor er in den Dateien nach Spielen suchte, warf er interessehalber einen Blick auf eine Datei namens Statistik 2. Vom Inhalt war er mehr als erstaunt, bestand sie doch aus einer Lageanalyse des Heiligen Landes, die der Geheimdienst der Staaten durchgeführt hatte. Es wurde darin gefordert, dass nach wiederholt fehlerhafter Analyse die Einwohner des Heiligen Landes zur Offenlegung persönlicher Daten gezwungen werden sollten. Aus diesem Grund bestand der Geheimdienst darauf, eine Volkszählung durchzuführen, um Informationen über Art und Umfang der bewaffneten Widerstandsbewegung zu erhalten. Neben einer allgemeinen Lageanalyse und der sich daraus ableitenden Forderungen wurde es konkret: Die Bevölkerung sollte von ausgebildeten Interviewern direkt befragt werden, die darin geschult werden sollten, offensichtliche Ungereimtheiten sofort zu erkennen und zu dokumentieren. Die ermittelten Daten sollten schon während der Befragung in Rechner eingegeben werden, um Datenabgleich gewährleisten zu können. Um den bewaffneten Widerstand gegen die Staaten erfolgreich bekämpfen zu können, sollten auf den ersten Blick harmlos erscheinende Daten wie Vor- und Zuname, Alter, Geschlecht, Lebens- und Wohnverhältnisse, Zivilstand, Beruf, Beschäftigung- und Einkommensverhältnisse erfasst werden. Des Weiteren sollten Daten über die Religionszugehörigkeit, der Muttersprache, dem Geburtsort, der Staatsangehörigkeit, dem Wohnort und der Art des Aufenthalts am Zählungstag erhoben werden. Auf diese Weise sollte geklärt werden, ob eine Person dauerhaft oder nur vorübergehend anwesend war. Weiterhin sollten Daten über den gesundheitlichen Zustand der Bewohner ermittelt werden. Von den erhobenen Daten erwartete die Militärregierung trotz absehbarer Verfälschungseffekte - große Bevölkerungsteile würden voraussichtlich trotz drastischer

Strafandrohung die Ergebnisse zu verfälschen suchen - eine insgesamt gute Qualität.

Wenkmann schaute aus dem Fenster. Die Wolken hatten sich verdichtet, waren nun dunkelgrau. „Ihre Wahrheit", flüsterte er, „so sieht sie aus." Die aus der Bevölkerung herausgepresste Datenmenge sollte genau wie die Fuge in G-Moll analysiert werden um im Ergebnis den Widerstand erfolgreich bekämpfen zu können.

Als der Steward schnellen Schrittes nach vorn zum Cockpit eilte, war jedem Passagier klar, dass etwas Entsetzliches geschehen sein musste.

„Wie geht es ihm?", fragte Wenkmann, als der Steward zurückeilte.

„Überhaupt nicht gut!"

Wenkmann schloss die Datei und sah auf dem Desktop weitere Statistikdateien. Zweifelnd, ob er sie öffnen solle, entschied er sich, den Laptop auszuschalten und in die Laptoptasche zu verstauen.

Seine Nachbarin, die geholfen hatte den Bewusstlosen auf den Gang zu legen, schaute ihn an: „Die Stewardess sagte, es sei etwas ernsthaftes. Ein Arzt kümmert sich um den Mann."

„Hier in dieser großen Höhe kann es keine gute medizinische Hilfe geben", meinte Wenkmann.

„Ja, es ist ein sehr schlechter Ort zum Krankwerden. In Neu York kenne ich einen sehr guten Arzt, den besten. Der könnte helfen."

„Ein sehr guter Arzt in Neu York?", fragte Wenkmann ungläubig.

„Ja, doch, Dr. Horvitz. Ich war wegen einer Nachuntersuchung bei ihm."

„Ja, schön."

„Sie verstehen nicht. Ich wohne im Heiligen Land und bin tausende

Kilometer geflogen, um Dr. Horvitz aufzusuchen."

„Sie nehmen eine so weite Flugstrecke in Kauf wegen einer Nachuntersuchung? Hat es sich denn wenigstens gelohnt?"

„Um vom besten Arzt der Welt behandelt zu werden lohnt sich das gewiss. Ich bin schwanger, ein Wunder!"

„Oh, gratuliere!", rief er aus. „Wenn eine Frau um den halben Erdball fliegt, um die Nachricht zu erhalten, dass sie schwanger ist, muss ich gratulieren. - Obwohl ein so langer Flug für eine schwangere Frau doch sehr anstrengend sein muss."

„Sehr anstrengend", bestätigte die Frau.

„Dazu kommt dann noch die ganze Aufregung. Kann ich etwas für Sie tun?"

„Ihr Nackenkissen. Ich habe Sie von Neu York an darum beneidet."

„Gerne. Nehmen Sie es."

„Elisabeth Zacharias ist mein Name."

„Bitte, Frau Zacharias, ich schenke es Ihnen."

Sobald ihr Kopf in das Kissen hinein gefallen war schlief sie ein. Erleichtert, endlich einmal Ruhe finden zu können, nahm Wenkmann das Leicabuch, das ihm Herr Grossman beim Abschied geschenkt hatte zur Hand und begann zu lesen.

Stunden später, als die Frau erwachte, hatte das Flugzeug schon aufgesetzt und war im Begriff, das Flughafenterminal anzufahren.

„Sind wir schon angekommen? Ich habe nichts mitbekommen."

„Natürlich nicht, ich habe dem Piloten mitteilen lassen, dass sich eine schwangere Frau im Flugzeug befindet, da ist er sanft wie auf einem Wolkenkissen gelandet."

„Wirklich?"

„Nein, Scherz."

Ein Kapitel, in dem über die Umstände der Entführung Wenkmanns berichtet wird

Nach dem Auschecken verließ er das triste Flughafengebäude um sich ein Taxi zu suchen. Er hatte nicht vor, in einem Kettenhotel absteigen, sondern in einer familiären Pension. Der Taxifahrer schaute Wenkmann erstaunt an: „Sie suchen einen sauberen, kleinen Gasthof?" Wenkmann beherrschte die Landessprache zum Glück recht gut, da sein Vater, der in Egyptah geboren war, sich mit ihm als Kind nur in der Sprache des Orients unterhalten hatte.

„Keine anonyme Hotelkette, sondern eine ruhige Pension für den Herren. Ich verstehe. - Hier herrscht Krieg, das wissen Sie?"

„Doch, ja, das weiß ich natürlich. Aber auch in der Hölle wird es gewiss einen ruhigen Ort geben. Ein Paradies inmitten der Hölle."

„Hier wird jeden Tag gebombt, geschossen, der eigene Körper zerfetzt, um andere umzubringen. Ich preise jeden Tag das Wunder zu überleben."

„Es braucht ein Wunder zu überleben, das ist traurig", meinte Wenkmann und setzte sich auf die Rücksitzbank.

„Doch, das braucht es. Neben den Terroristen gibt es den alltäglichen Terror des Militärs. Soldaten suchen systematisch die Häuser nach Widerstandskämpfern ab. Sie bringen Frauen und Männer zum Militärstützpunkt nach Ahvir zum Verhör, zum Folterverhör."

„Schrecklich", sagte Wenkmann.

„Das ist das falsche Wort. Während der Verhöre werden die Gefangenen misshandelt bis sie sterben."

Wenkmann hatte es sich im Fond bequem gemacht und sah dem Taxifahrer im Rückspiegel in die Augen.

„Anstatt mich dauernd im Rückspiegel anzusehen sollten Sie lieber nach vorne schauen."

Der Taxifahrer schnaubte wie ein Walross, als er das Fahrzeug vor einer roten Ampel zum Halten brachte. Plötzlich wurde die Tür abrupt geöffnet und ein Mann in Uniform warf sich neben Wenkmann in den Fond.

Die Tür fiel mit einem lauten Geräusch ins Schloss. „Schönen guten Tag, Herr Wenkmann! Gerade angekommen?"

„Ja", antwortete er verunsichert. „Wer gibt Ihnen das Recht, sich hier neben mich zu setzen?"

„Wovon sprechen Sie? Hier gibt es kein Recht. Oder halt, doch: das Recht des Stärkeren. Ich bin Polizist, trage eine Uniform, habe eine Pistole. Das Recht bin ich."

Der Polizist befahl mit einer Handbewegung trotz roter Ampel loszufahren. Anstandslos setzte der Taxifahrer den Wagen in Bewegung.

„Wohin fahren wir?", fragte Wenkmann.

„Auf das Präsidium, dort möchte ich mich ein wenig mit Ihnen unterhalten."

„Unterhalten? Worüber um Himmels Willen?"

„Glauben Sie mir, es wird Ihnen während des Gesprächs schon noch einfallen."

Das Taxi fuhr mit hoher Geschwindigkeit. Wenkmann musste sich seinem Schicksal fügen. Die ersten Kilometer führten über eine breite Ausfallstraße durch staubige Ödness, anschließend folgten gezimmerte Hütten, die bis an die Stadtgrenze reichten. Verkehrsregeln schien der Taxifahrer nicht zu kennen.

„Wer an Ampeln hält, egal welche Farbe aufleuchtet, ist selbst schuld an seiner eigenen Entführung oder dem eigenen Tod. Ich halte niemals an, es sei denn, die Vertreter von Gesetz und Ordnung fordern mich unmissverständlich dazu auf", sagte der Taxifahrer in den Rückspiegel hinein.

An der riesigen Stadtmauer führte der Weg zu einem Zeus-Tempel. Der sich davor befindende Platz war gepflastert und durch zwei Mauern begrenzt, die einen Korridor bildeten. Im Hof erkannte Wenkmann einen Altar. In unmittelbarer Nähe passierten sie ein Amphitheater, zweifellos eines der schönsten Bauwerke der Stadt. Wenkmann schätzte, dass die Anlage mehrere tausend Besuchern Platz bot. Hinter dem Theater bogen sie auf eine Geschäftsstraße, an der sich viele rechteckige Gebäude mit Reklametafeln befanden. Diese Straße, eine Allerweltsstraße, führte direkt in das moderne Stadtzentrum hinein, wo sich das Polizeipräsidium befand. Dort angekommen wurde dem Taxifahrer befohlen zu halten, die Insassen stiegen aus.

Der Taxifahrer öffnete den Kofferraum, stellte das Gepäck auf die Straße und eilte davon.

Ein Kapitel, in dem über die Umstände des Zusammentreffens Wenkmanns mit dem Polizeichef des Heiligen Landes berichtet wird

Im Gebäude wurde Wenkmann von Polizisten in einen kleinen Raum geführt, in dem sich außer einem rechteckigen Tisch drei Stühle befanden.

„Kaffee, Tee, Wasser?"

„Ein Wasser, ja, wäre gut."

Über eine Sprechanlage bestellte ein Uniformierter Wasser. Ein junger Polizeikadett brachte einen Krug und drei Gläser, stellte diese auf den Tisch um sich dann zu setzen.

„So, so, Herr Wenkmann", begann der Polizist, der ihn entführt hatte und nun ihm gegenüber Platz genommen hatte, stockend. „Ich möchte mich erst einmal vorstellen. Ich bin der Polizeipräsident, sozusagen der oberste Polizist unseres Heiligen Landes, deshalb liegt mir ihr Wohl und Wehe besonders am Herzen. Um ihr Wohlergehen bewerkstelligen zu können, wüsste ich gerne ihren Namen, ihren Wohnort und ihren Beruf."

„Sie kennen meinen Namen", sagte Wenkmann, „Sie haben mich vorhin mit meinem Namen angesprochen."

„Ich möchte es von Ihnen persönlich hören: Name, Wohnort, Beruf", wiederholte der Polizist.

„Balthasar Wenkmann, 6th Street, Brooklyn, Neu York 11215, Barkeeper."

„O.K., korrekt, bis auf die Angabe ihres Berufes. Wie ich den Einreiseunterlagen entnehmen kann, haben Sie studiert. Was, Herr

Wenkmann, haben Sie studiert?"

„Vergleichende Religionswissenschaft."

„Sehen Sie, dann ist ihr wirklicher Beruf Religionswissenschaftler."

„Nein, ich bin Barkeeper", bekräftigte Wenkmann.

„Sie sind Religionswissenschaft, der im Moment seinen Lebensunterhalt als Barkeeper verdient. Ist das eine Formulierung, auf die wir uns einigen könnten?"

„Können wir", entgegnete Wenkmann, der nicht wusste, worauf der Polizist hinaus wollte.

„Was Sie für uns interessant macht ist der Umstand, dass Sie ein alleinstehender Mann mit wenig Gepäck sind. Sie kommen aus Neu York und niemand ist da, der Sie am Flughafen erwartet. Was wollen Sie hier, so mutterseelenallein?"

Wenkmann hatte sich diese Frage bereits selbst gestellt. Nun antwortete er zögerlich: „Man könnte vielleicht sagen, dass es sich ergeben hat, ganz spontan ergeben."

Der Polizist lachte laut: „Also, ich fasse mal kurz zusammen: Könnte, hätte und vielleicht, nichts genaues weiß man nicht darüber. Ist es so? Sie sind der schlaue Herr Wenkmann und wir sind die dumme Polizei, so denken Sie doch. Es hat sich so ergeben! Für wen halten Sie sich, dass Sie mir solchen Unsinn erzählen?"

„Mein Name ist Balthasar Wenkmann und ich möchte einige Fotos machen, um die Situation hier im Land zu dokumentieren, nichts weiter." Wenkmann griff zur Tasche, entnahm die LEICA, visierte den Polizisten durch den Messsucher an und löste die Kamera aus.

„Fotografieren ist im Präsidium verboten. - Übrigens: Zeigen Sie mir doch bitte einmal ihr Flugticket. Wenn es stimmt, dass Sie ganz spontan ins Heilige Land gereist sind, können Sie nicht im Besitz eines jener Low Budget Tickets sein, die Wochen oder gar Monate vor dem Flugtermin gekauft werden müssen. Da geben Sie mir doch Recht, oder?"

„Vielleicht. Aber ob ich mit einem Low Budget Tickets geflogen bin weiß ich nicht. Ich habe nämlich kein Geld dafür bezahlt. Das Flugticket wurde mir geschenkt."

Wieder lachte der Polizist. „Könnte, hätte und vielleicht, nichts genaues weiß man. Kein Low Budget, sondern ein No Budget. Ihre Geschichte wird ja immer abenteuerlicher. Am Ende ist es noch ein großes Versehen, dass Sie hier gelandet sind, ein großes Missverständnis."

„Nein, das habe ich nicht gesagt. Der Flug ist mir zwar geschenkt worden, aber umsonst war er natürlich nicht. Ich habe eine Mission."

„Interessant. Eine Mission. Um welche Art von Mission handelt es sich?"

„Ich bin sozusagen im Auftrag unterwegs. Der Herr möchte, dass ich einige Fotos mache, um die Situation in diesem Land zu dokumentieren."

„Im Auftrag des Herrn?"

„Eines schon älteren Herrn aus Manhattan und seiner Ehefrau. Und im Auftrag dieser guten Kamera, wenn man so will."

Wenkmann hielt die LEICA in die Höhe.

„Dieses antiquierte Etwas, eine gute Kamera? Das ist doch nicht ihr ernst."

„Doch, weder antiquiert noch schlecht sondern verflucht gut. Sie wird seit 1925 praktisch unverändert gebaut und war die erste Kleinbildkamera mit Wechselobjektiv und gekuppeltem Entfernungsmesser."

„Was Sie alles wissen!", stieß der Polizist hervor.

„Ich habe während des Fluges ein Buch über die Geschichte der LEICA Kamera gelesen. Jetzt bin ich sozusagen Fachmann."

Der Polizist stöhnte. „So, so, ein Fachmann sind Sie. Aber doch bestimmt auf einem ganz anderen Gebiet. Auf welchem Gebiet sind Sie wirklich Fachmann, Herr Wenkmann?"

„Noch einmal: Wir leben in bewegten Zeiten. Es gibt viele gute Motive für meine Kamera. Das ist alles, was ich will: gute Motive. Ich möchte Aufnahmen von der bald stattfindenden Volkszählung schießen."

„Volkszählung? Und da wollen Sie schießen? - Was wissen Sie davon?"

„Ein Passagier, der mit den Vorbereitungen dafür beschäftigt ist, hat mir davon erzählt. Dieser Mann ist während des Fluges krank geworden, sehr krank."

„Der ist nicht krank. Der Mann ist tot, noch während des Fluges verstorben, wissen Sie das denn nicht? Herr Wenkmann, Herr Wenkmann! Viel scheinen Sie wirklich nicht zu wissen. Wie schnell doch der eigene Tod eintreten kann, sehr schnell. Man muss aufpassen, gut aufpassen."

„Wollen Sie mir drohen?"

„Aber ich bitte Sie, mein Freund", entgegnete der Polizist lächelnd, „keine Drohung, sondern eine Bitte: Gewähren Sie mir die Freude, an ihrer Dokumentation teilhaben zu dürfen. Versprechen Sie mir, dass Sie nach Abschluss ihrer Dokumentation vorbeikommen und mir die Bilder zeigen."

„Wenn Sie wollen, selbstverständlich. Ich habe nichts zu verbergen."

„Schön. - Damit möchte ich Sie dann entlassen. Gehen Sie! Draußen steht ein Taxi, das wird Sie in ihr Quartier bringen. Ins Paradies inmitten der Hölle."

„Paradies in der Hölle."

Wenkmann wurde mit einem Schlag bewusst, dass er seit seiner Ankunft unter polizeilicher Beobachtung gestanden hatte.

„Vertrauen Sie einem alten Polizisten! Ich kenne den schönsten Ort dieser Stadt."

Ein Kapitel, in dem Wenkmann zwei Männer vor einem Gasthof trifft

Das Taxi fuhr aus dem modernen Stadtzentrum hinaus in die Altstadt, an brennenden Wohnhäusern vorbei und qualmenden Einschusskratern. Sie bogen in eine enge Gasse, wo sie bremsenquietschend vor einem alten Haus anhielten.

„Ziel erreicht. Hier ist es."

Wenkmann schaute aus dem staubigen Fenster auf ein zweistöckiges Gebäude aus grobem Stein. Er bezahlte die Fahrt und nahm seinen Koffer in der Hand.

Gegenüber des alten Hauses, an einer Bushaltestelle, standen zwei Frauen. Wenkmann erkannte seine Mitreisende aus dem Flugzeug,

Elisabeth. Die Frauen waren in ein intensives Gespräch vertieft und registrierten das Geschehen um sie herum nicht. Wenkmann zog die Kamera aus der Tasche und schoss einige Bilder.

„In meinem Fotoalbum werde ich diese Bilder mit ‚Wartende Frauen' benennen. Das passt." Er drehte sich um und ging großen Schrittes zum alten Haus, trat durch den Torbogen in den Innenhof hinein. Das Haus wies zwei Flügel auf, hinten wurde der Innenhof durch eine Mauer begrenzt. Um das Haus liefen zwei Balkone. Im Innenhof standen zahlreiche bepflanzte Schalen. In der Mitte plätscherte ein Brunnen mit einem bunt gekachelten Becken. Zwei Männer saßen auf einer grün gestrichenen Bank und schienen Wenkmann zu erwarten. Überschwänglich begrüßten sie ihn: „Guten Tag, herzlich willkommen!"

Wenkmann starrte die zwei Männer fragend an.

„Ich kenne Sie aus Neu York, Herr Wenkmann", sagte der älterer der beiden mit heller Stimme. Der kleiner Mann streckt seinen runden Kugelbauch geradezu stolz weit nach vorne: „Neu York, Big Apple, das kleine Dorf, in dem jeder jeden kennt, Sie wissen doch!"

Grübelnd, bei welcher Gelegenheit er den Mann getroffen haben könnte, entschuldigte er sich: „Verzeihung, ich kann mich nicht erinnern."

„Ich bitte Sie, da gibt es doch nichts zu entschuldigen. Mein Name ist0 Caspar Kahraman aus Isphahan, ich hatte früher ein Teppichgeschäft in der 14ten Straße, und möchte Ihnen meinen Freund Melchior Mortszhiladse aus dem Kaukasus vorstellen," sagte er und zeigte auf einen weißhaarigen Mann, der Albert Einstein ähnlich sah.

Wenkmann begrüßte den Vorgestellten. „Es ist mir eine ehrliche Freude."

„Sie müssen mir gestatten, Sie zum Essen einzuladen, mein Freund."

„Nur zu gerne."

Noch während Wenkmann antwortete, begann Herr Kahraman laut zu lachen: „Es war Tarruf! Tarruf! Um Himmels Willen, Sie kennen Tarruf nicht?" Erneut lachte der Mann: „In der persischen Kultur ist die Lüge Teil der Höflichkeit. Ja, ja, so ist das bei uns. Es wäre unhöflich, einem Fremden gegenüber nicht zu sagen: Sie sind mein Gast! Sie können mich jederzeit besuchen! Meine Haustür steht Ihnen jederzeit offen! Sie müssen mir gestatten, Sie zum Essen einzuladen! - Wie Sie sehen, konnte ich nicht anders, als Sie einzuladen. Sie verstehen, Tarruf! Taruff, Taruff", wiederholte er einige Male brüllend. Wenkmann war beschämt.

Der Mann auf der Bank wurde ernst. „Aber, aber, Spaß beiseite. Meine Einladung war selbstverständlich kein Tarruf, sondern ernst gemeint. Ich kenne eine wunderschöne Speisestube in unmittelbarer Nähe, keine zwei Minuten Fußweg von hier. Am besten gehen Sie erst einmal in den Gasthof, um sich an der Rezeption anzumelden. Dann beziehen Sie ihr Zimmer, machen sich ein wenig frisch und kommen dann zurück. Denken Sie aber daran, sich zu beeilen. Wegen der Ausgangssperre müssen wir um 19 Uhr zurück in der Pension sein."

Ein Kapitel, in dem Mortszhiladse, Kahraman und Wenkmann die katastrophale Situation des Landes erfahren und sich entschließen, Maria zu helfen

Die Wanduhr im Tari Bari schlug Fünf, als die drei Männer eintraten. Ein hell gekachelter Speiseraum, acht runde Holztische und einfache Stühle empfingen die drei neuen Gäste. Eine Bar aus Olivenholz begrenzte den Speiseraum nach hinten. Alle Tische waren mit jeweils nur einer Person besetzt.

„Platz genug ist vorhanden", bemerkte Kahraman und bewegte sich auf einen großen Tisch im hinteren Teil des Restaurants zu.

„Lasst uns am Fenster sitzen, dort ist es doch viel heller und schöner", forderte Mortszhiladse.

„Ich setze mich niemals direkt ans Fenster. Wenn draußen auf der Straße eine Autobombe explodiert, habe ich eine realistische Überlebenschance", erklärte Kahraman um sich mit der Frage: „Ist hier noch frei?", zu erkundigen, ob sie sich mit an den Tisch setzten dürften.

Der Mann, der allein am großen Tisch saß, machte den Anschein als wolle er die neuen Gäste ignorieren. Er bewegte, ohne aufzublicken, ein wenig seine Hand, was die drei Männer als eine auffordernde Geste deuteten.

„Verzeihen Sie unser Eindringen", erklärte Mortszhiladse in Richtung des Gastes, „aber unser Freund hat eine lange Reise hinter sich und darum verständlicherweise großen Hunger. Ich heiße Mortszhiladse, meine Freunde Kahraman und Wenkmann. - Mit wem haben wir es zu tun, wenn ich fragen dürfte?"

Der Fremde reagiert nicht, aß ruhig weiter.

Mortszhiladse nickt den anderen zu, begann zu erklären: „Vielleicht ein Hörschaden. Wenn in seiner Nähe eine Bombe explodiert ist, hat er ein geschädigtes Trommelfell, ist taub."

„Vermutlich haben Sie Recht", entgegnet Wenkmann, um dann noch zwei Worte hinterher zuschieben: „Dieser verdammter Krieg."

„Nicht nur dieser. Jeder Krieg ist verdammt, es gibt keine anderen", verbesserte ihn Mortszhiladse.

„Dieser hier soll doch gerecht sein", erklärte Kahraman süffisant.

Der Kellner empfahl ein dreigängiges Menü mit einem Kichererbsendip als Vorspeise, anschließend Shish Kebab mit Gemüse und Couscous aus Hartweizen, sowie als Dessert einen arabischen Café mit Kardamom, einem Gewürz, das dem Café ein süßlich-scharfes Aroma verleiht.

„Ich sehe das Werbeschild eines Bieres aus den Staaten, könnten Sie uns drei Gläser dieses Bieres bringen?"

„Bier aus den Staaten?", fragte der Kellner irritiert. „So etwas gibt es hier nicht. Mit diesem Werbeschild", er schaut an die Wand, „hat vor einiger Zeit ein Soldat seine Rechnung bezahlt. - Bitte sehr, wir haben ausschließlich unser gutes arabisches Bier im Angebot", der Kellner zeigte auf die Speisekarte: „Flasche oder gezapft?"

„Ein Gezapftes", entgegnete Wenkmann. Seine Begleiter schüttelten angewidert die Köpfe, erklärten: „Arabisches Bier schmeckt wie Katzenpisse", und bestellten eine Flasche Bordeaux.

Nachdem der Kellner das Bier, die Weinflasche und vier Gläser gebracht hatte, stellte Kahraman auch dem Fremden am Tisch ein Glas

Rotwein neben dessen Teller. Dieser schaute von seinem Teller auf, nickte dankend und gab einen sonderbaren Laut von sich.

„Was hat er gesagt?", Wenkmann sah Kahraman fragend an.

„Ich glaube, er hat sich bei uns für das Glas Wein bedankt. Aber ganz sicher bin ich mir da nicht."

Der fremde Mann nahm einen großen Schluck Rotwein um anschließend das halbleere Glas vorsichtig auf den Tisch zu stellen.

„Guter Wein", sagte er klar und deutlich und nahm einen weiteren Schluck.

Während Kahraman eine zweite Flasche Wein bestellte und das Glas des Fremden nachfüllte, fing der Fremde an zu reden. Er sprach von den alltäglichen Beleidigungen, denen die Zivilbevölkerung ausgesetzt wäre und davon, dass das Leben nahezu unerträglich geworden sei. Er schilderte seine Erlebnisse so plastisch, dass sich die drei Männer gut in seine Lebenssituation hineinversetzen konnten. Sie hatten die Vorspeise noch nicht beendet, als der Fremde über seinen besten Freund zu erzählen begann, Josef, der im Begriffe war, einen unverzeihlichen Fehler zu begehen. „Ist denn die ganze Welt verrückt geworden?", fragte der Fremde, um hinzuzufügen: „Auch mein bester Freund Josef scheint verrückt zu sein, und das ist kein Wunder."

„Wunder? Was ist kein Wunder?", fragte Mortszhiladse, der in seinem Leben schon manches Wunder erlebt hatte und sich deshalb sehr dafür interessierte.

„Es geht um seine Braut, Maria. Von Anfang an habe ich meinem Freund gesagt, dass diese Frau nicht die richtige für ihn ist. Aber er hat nicht hören wollen."

„Wieder diese uralte Geschichte: Mann trifft Frau, Frau trifft Mann und schon fangen die Schwierigkeiten an", entgegnete Kahraman, während der Kellner die Teller mit dem Shish Kebab servierte. „Ich als Teppichhändler kenne die Frauen sehr gut und bin nach leidvollen Erfahrungen zum Entschluss gekommen, dass sie von Geburt an unvernünftig sind. Am besten ist, man lässt als Mann die Finger davon."

„Solche Geschichten langweilen wirklich, weil es sich doch immer nur um dieselbe, um die eine alte Geschichte handelt. Die Ehepartner gehen oft von falschen Voraussetzungen aus, und so wird eine harmonische Beziehung schnell zu einer tagtäglichen...", Mortszhiladse unterbrach sich um nach wenigen Augenblicken fortzufahren: „Zu einer langweiligen, nicht enden wollenden Qual. Eine Hölle auf Erden."

„Langweilig? Das ist gewiss nicht langweilig. Die Frau, um die es geht, ist eine ganz besondere Frau, verstehen Sie?"

Kahraman hob fragend die Schulter. „Nein, verstehe ich nicht. Eine Frau ist eine Frau ist eine Frau."

„Wenn man Maria anschaut, öffnet sich das Herz. Sie ist nicht nur schön, sie ist von unermesslicher Reinheit."

„Das hört sich an, als hätten Sie sich über beide Ohren in diese Maria verliebt", lachte Mortszhiladse.

„Alles an ihr ist außergewöhnlich, wirklich alles. Alles. - Leider gibt es einen Haken."

„Das habe ich kommen sehen", erklärte Kahraman belustigt, „bei einer Frau kommt das dicke Ende immer zum Schluss. Und dieses Ende ist kein Honigschlecken."

„Von Honigschlecken hat auch niemand etwas gesagt. Ich will es mal auf den Punkt bringen: Maria bekommt ein Kind."

„Aha, daher weht der Wind! Maria, diese außergewöhnlich schöne Frau ist schwanger. Und Sie, mein Freund, sind böse, dass Sie nicht der Vater sind, sondern dieser Josef", zischte Kahraman um abschließend festzustellen: „Sie sind eifersüchtig."

„So ganz falsch liegen Sie nicht. Wer Maria sieht, muss sich zwangsläufig in sie verlieben. Da mache ich zugegebenermaßen keine Ausnahme. Aber in diesem Fall ist es etwas anderes. Ich möchte es mal auf den Punkt bringen: ihr Verlobter, Josef, ist längst nicht mehr im Alter, wo man gerne Vater wird, weil man eigentlich schon ein Großvater ist. Hinzu kommt, dass Maria zwar schwanger ist, jedoch nicht von ihm, nicht von Josef."

„Aha, da liegt der Hund begraben! Wissen Sie, meine Herren, wie man in meiner Heimat solche Art Frauen nennt? Flittchen! So und nicht anders nennt man solche Frauen", stellte Kahraman fest und begann laut zu lachen: „Interessant wäre doch auch zu erfahren, wer der Herr Papa ist. Wer ist der glückliche Vater?"

„Der glückliche Vater. Ja, das ist die Mutter aller Fragen. Maria behauptet, sie sei schwanger vom heiligen Geist."

„*Heilige* was?", fragten die drei Männer gleichzeitig und konnten sich vor Lachen kaum auf den Stühlen halten.

„Stellen Sie sich einen heiligen Atem vor, den Atem Gottes, einen Windhauch, einfache Luft, die Kraft des Höchsten oder etwas unsichtbar Heiliges, den heiligen Geist eben. - Egal, wenn Sie das nicht können ist es unmöglich, Marias Geschichte zu glauben. - Haben Sie mich verstanden?"

Wenkmann schüttelte den Kopf, Mortszhiladse lachte, Kahraman brüllte donnernd: „Luft soll Maria geschwängert haben? Verstehe das, wer will, ich nicht."

Nach einigen Minuten, als sich die drei Freunde beruhigt hatten, fragte Mortszhiladse nach dem Alter der schwangeren Frau. „Sehr, sehr jung, nicht einmal volljährig."

„Also im Grund genommen selbst noch ein Kind", stellte Mortszhiladse fest.

„Eben", sagte der Fremde, „und nun will Josef seine Verlobte verlassen, weil das Kind nicht von ihm ist. Dabei war wohl von vornherein klar, dass die Ehe mehr oder weniger eine enge Freundschaft bleibt, wenn Sie verstehen, was ich meine. - Kein Sex. So war es jedenfalls abgemacht, ich will es mal auf den Punkt bringen: Maria soll den Witwer Josef heiraten, weil der eine Haushaltshilfe benötigt. Eine Frau die putzt und wäscht, bügelt und näht, kocht und backt. Im Falle des Todes von Josef wird als Gegenleistung dafür sein Besitz teilweise ihr zufallen. Das waren die Bedingungen der Verlobung. Doch nun, wegen der Schwangerschaft, denkt Josef, er hätte alles Recht der Welt, dieses Mädchen zu verlassen."

„Da hat dieses Mädchen wohl eine unverzeihliche Dummheit begangen", erklärte Kahraman.

„Dummheit?", fragte Wenkmann. „Josef ist ein alter Witwer, Maria dagegen jung und hübsch. Da passieren solche Dinge, da ist es kein Wunder."

„Nein, nein, so ist sie nicht, die Maria", erklärte der Fremde. „Sie weint unaufhörlich, dass arme Kind, denn sie hat wirklich mit niemandem geschlafen. Maria kann sich die Schwangerschaft nicht erklären. Es ist einfach unfassbar, eine große Tragödie."

„Wenn es tatsächlich so ist, wie Maria sagt, ist es keine Tragödie, sondern eine sehr wundersame Geschichte, wundersam", stammelte Wenkmann.

„Vielleicht", erläuterte Kahraman, „ist es dieselbe Geschichte wie mit dem weiblichen Hammerhai, von dem ich kürzlich in einer Wochenzeitung gelesen habe. Der hat Nachwuchs zur Welt gebracht, ohne von einem Männchen befruchtet worden zu sein. Die Haibabys sollen aus unbefruchteten Eizellen hervorgegangen sein. Von Insekten, Amphibien und von Vögeln war dieses Phänomen längs bekannt, und nun der Hai."

„Bekannt?", fragte Mortszhiladse. „Mir ist das neu."

„Doch, das ist eine Tatsache."

„Aber Maria ist doch weder Hai, noch Vogel, und ein Insekt ist sie auch nicht. Ohne Zweifel ist sie ein Mensch. Merken Sie nicht, dass das, was Sie hier erzählen unendlich peinlich ist?"

„Tja, vielleicht ist alles an der Geschichte peinlich", meinte der Fremde, „aber die Frage ist doch, ob ihr die Geschichte mit dem heiligen Geist irgend jemand glaubt."

„Jawohl, ich glaube ihr", rief Mortszhiladse wie aus heiterem Himmel. „Maria bekommt dieses Kind, deshalb muss man ihr glauben." Um seine Aussage zu unterstreichen wiederholte er eindringlich: „Ich glaube diesem Mädchen aufs Wort. Die Geburt wird ein wirklich freudiges Ereignis sein, keine Tragödie."

Der Fremde blickte tief in das Weinglas: „Ich will es mal auf den Punkt bringen: Maria steht allein auf weiter Flur, niemand steht ihr bei. Und nun will Josef sie verlassen. Ich habe den ganzen Morgen über auf ihn eingeredet, habe versucht, ihn umzustimmen, aber er will auf niemanden hören. In ein paar Tagen will er fortgehen. Er sagt, er wolle nicht Maria verstoßen, sondern sozusagen sich selbst. Er ist es, der gehen wird, Maria soll im Hause bleiben."

„Und wovon soll sie dann leben, das junge Ding?", fragte Kahraman.

„Tja, wovon? Von Luft und Liebe kann man zwar träumen, aber nicht leben", erklärte der Fremde. „Dabei haben wir eigentlich Probleme genug. Schrecklich, alles ist schrecklich."

„Geben Sie es doch endlich zu, Sie haben sich tatsächlich in Maria verliebt, nicht wahr?", Kahraman, streckte seine Hand aus um sie dem Fremden auf die Schulter zu legen.

„Ja, das habe ich vorhin doch schon gesagt. Wer sie sieht, der kann nicht anders, als sich sofort in sie zu verlieben. Hübsch ist sie, einfach wunderschön."

„Er ist wirklich verliebt", erklärte Mortszhiladse.

„Kein Widerspruch möglich", entgegnete Kahraman. Und damit hätten wir drei Probleme."

„Nein, nein. Ich bin weder ein Problem noch mache ich eines", entgegnete der Fremde. „Aber mit der Anzahl der Probleme haben Sie Recht. Nur ist das dritte Problem die momentan unerträgliche Situation in unserem Land. Der Krieg macht alles kompliziert. Unser Land muss endlich wieder frei sein, die Besetzung muss aufhören."

Wenkmann nahm sein Bierglas in die Hand, hielt es in die Höhe, nahm einen großen Schluck daraus und begann zu erklären, dass die Staaten keine Besatzungsmacht sei. Zuhause in den Staaten war er immer gegen diesen Krieg gewesen, hatte in jeder Diskussion die sofortige Beendigung der Besetzung gefordert. Hier aber musste Wenkmann sein Land verteidigen, denn es schien im naiven Glauben behaftet, Zivilisation, humane Werte und Frieden in die übrige Welt bringen zu müssen.

Der Kellner, der das Gespräch verfolgt hatte, setzte sich zu ihnen an den Tisch: „Verschwindet so schnell wie möglich von hier, denn ihr macht selbst einem friedliebenden Gastwirt wie ich es bin das Leben zur Hölle. Mein Koch, der eigentlich nur eine halbe Autostunden von hier entfernt wohnt, muss jeden Tag um 16 Uhr meine Gaststätte, seinen Arbeitsplatz, verlassen, damit er vor Beginn der Ausgangssperre um 19 Uhr pünktlich zu Hause ist. Er bereitet die Speisen zwar vor, aber wenn er gegangen ist, muss ich doch das eine oder andere selber kochen, muss braten, muss die Gäste bedienen, weil auch meine Kellner nicht mehr da sind."

Ein weiterer Gast, eine Frau, stand auf, nahm ihren Stuhl, ihre Flasche Wein und ihr Glas. Mit drei Schritten hatte sie den Tisch der Freunde erreicht, platzierte ihren Stuhl, setzte den Wein und das Glas mit gekonntem Schwung auf den Tisch und nahm Platz: „Geschäfte haben mich aufgehalten. Eigentlich wollte ich schon lange zu Hause sein, aber die Militärregierung kontrolliert streng, alles dauert unendlich viel Zeit. So habe ich es heute nicht mehr nach Hause geschafft und werde hier in der Gaststube übernachten müssen. Verzeihen Sie, wenn ich ihr

Gespräch mit angehört habe, aber es ließ sich leider nicht vermeiden. Was ich gehört habe, hat mich entsetzt. Was seid ihr nur für Menschen? Euer verqueres Frauenbild finde ich zum Kotzen. Diese Maria ist ein Kind, das in diesen schweren Kriegszeiten schwanger geworden ist. Die Kriegssituation ist für uns alle bedrückend, für Maria jedoch doppelt und dreifach. Diese Schwangerschaft bedeutet für sie die schlimmste aller vorstellbaren Katastrophen. Wir leben in einer Zeit voller Katastrophen, und sie erlebt momentan die Katastrophe in der Katastrophe. Was muss das alles schrecklich für Maria sein. Schrecklich. Soldaten bringen Gewalt und Blut über das Land, reden davon, Zivilisation, humane Werten und Frieden zu schaffen. Unsere Zivilverwaltung und unser Generalgouvernement sind Marionetten eures Militärs", die Frau zeigte auf Wenkmann, „eure Soldaten sind das Allerletzte!" Sie drehte sich in Richtung Kahraman: „Und ihre Geschichte mit dem Hammerhai zeugt davon, welches Geistes Kind Sie sind. Verquer, kreuz und quer, frauenfeindlich, unerträglichen. Maria ist alles andere als ein Flittchen, sie ist auch kein Tier. Nein, das ist sie bestimmt nicht. Sie ist ein armes, hilfsbedürftiges Kind." Betretendes Schweigen. Kahraman rang nach Luft, Wenkmann spitzte nachdenklich die Lippen. Dann meldete sich der Freund Josefs zu Wort: „Der Grund für unsere schlimme Situation ist das Erdöl. Weil es hier Öl in großen Mengen gibt, sind wir ein besetztes Land. Deshalb ist das fremde Militär bei uns, deshalb, nur deshalb. Unser Land ist besetzt, die Staaten haben das Land fest in ihren Klauen!" Zornig schlug er mit seiner Faust auf den Tisch. Die Teller klirrten, ein gefülltes Glas kippte um und zerbrach, der Rotwein floss auf den

Boden. „Das ist euer Blut, einzig und allein das Blut der Staaten. Das ist wahr. "

Der Wirt holte Besen und Putzlappen herbei, fegte die Scherben zusammen, nahm den verschütteten Wein mit dem Lappen auf.

„Wahrheiten habe ich heute schon zu genüge gehört!", flüsterte Wenkmann genervt. „Jeder will mir die Wahrheit erzählen."

„Anfangs wurde noch versucht, soweit wie möglich von der alten Verwaltung zu profitieren", begann der Männer am linken Tisch einen Vortrag über die Situation im Land. „Die regionalen und überregionalen Behörden blieben bestehen und haben hervorragend kooperiert, obwohl es ihnen von Tag zu Tag schwerer fällt bei eurem strengen Kontrollsystem. Das alles steht doch unter dem Motte: Traue niemandem!"

„Die politische Situation macht es nötig, permanent Kontrollen durchzuführen", entgegnete Wenkmann, der sich zunehmend in der Rolle des Verteidigers der Besatzungspolitik gefangen sah, als Advokatus Diaboli. „Ich bin der Böse", dachte Wenkmann, „ich stehe hier stellvertretend für die Weltmacht."

„Wovon sprechen Sie? Kontrollen führen zu Verhaftungen und Deportationen!", erregte sich ein anderer Gast, der bisher allein am Tisch nahe des Fensters gesessen hatte und nun auch mit seinem Stuhl herüber kam. „Ihr habt überall im Land Straßensperren errichteten, mehr und mehr Menschen werden inhaftiert."

Wenkmann wurde laut: „Die Justiz wird doch weiterhin von euch Einheimischen geleitet! Was wollt ihr eigentlich? Die Richterschaft ist auf ihren Posten geblieben, es ist eure Justiz, das sind eure Leute!"

„Unsere sogenannte freie Justiz kann doch nur über Fragen frei urteilen, die der Besatzungsmacht in keiner Weise schaden", entgegnete der Mann, um anzufügen: „Trotz der teilweisen Zusammenarbeit der Bevölkerung mit der Besatzungsmacht nimmt der Widerstand gegen euch zu, auch und trotz der verschärften Kontrollen. Man muss blind sein, um das nicht zu erkennen."

„Blind? In diesem Land scheinen viele die Realität nicht sehen zu wollen", erläuterte Wenkmann um einen Vortrag über elementare Menschenrechte zu halten. Dass alle Menschen frei seien und gleich an Würde und Rechten geboren, dass jeder Mensch Anspruch habe auf universelle Menschenrecht ohne Unterscheidung nach Rasse, Farbe, Geschlecht und Religion, dass jeder Mensch das Recht auf Leben, Freiheit und Sicherheit der Person habe und dass niemand in Sklaverei oder Leibeigenschaft gehalten werden dürfe, niemand eine erniedrigender Behandlung oder Strafe unterworfen werden dürfe.

„Hören Sie auf mit dem dummen Gerede!", rief einer der Männer am Tisch in den Vortrag Wenkmanns hinein. „Noch ein Wort, und ich werde handgreiflich."

„Warum?", fragte Kahraman erstaunt, „Herr Wenkmann hat nur die Allgemeine Erklärung der Menschenrechte zitiert. Was gibt es dagegen einzuwenden?"

„Nichts, aber gegen Leute, die sich dauernd darauf berufen und das Gegenteil davon tun", rief der Mann laut und näherte sich zornig Wenkmann.

„Vorsicht, Vorsicht", rief dieser, „ich bin einer der Guten, beruhigen Sie sich!"

„Keine Angst, ich habe mich unter Kontrolle. Ich schon", erklärte der Gast und entfernte sich wieder.

„Welche Wahl haben wir?", fragte Wenkmann sichtlich resigniert, „das hier ist doch alles wie ein großes Tollhaus. Und ehrlich gesagt möchte ich mich hier nicht für Dinge verantworten, für die ich wirklich nichts kann."

„Auch wer nichts tut, tut viel. Auch solche Menschen machen sich schuldig. Für den Triumph des Bösen reicht es, wenn die Guten nichts tun", erklärte der Freund Josefs.

„Schuldig, weil ich nichts tue? - Ich bin gekommen, um die Situation hier zu dokumentieren. Mein Name ist Baltharzar Wenkmann und ich möchte fotografieren, nichts weiter, möchte fotografieren und die Fotos meinen Landsleuten zeigen."

„Ein Medienvertreter, der von nichts eine Ahnung hat und doch den Drang verspürt, seine kolossale Unahnung in Schwarz - Weiß - Manier zu publizieren."

„Nein, nein", entgegnete Wenkmann, „zu der Sorte Mensch gehöre ich nicht. Ich kann sehr wohl differenzieren, ich weiß, dass die Grenze zwischen Gut und Böse nicht entlang unserer Staatsangehörigkeiten verläuft. Gut und Böse verläuft querbeet. Bei euch gibt es Gute, bei uns gibt es auch Gute. Und das Böse lebt überall, ist überall zuhause. Hier und dort und drüben auch. Das weiß ich."

Die Männer und die Frau hoben wie auf Befehl ihre Gläser, Mortszhiladse ergriff das Wort: „LeChaim", sagte er, „auf das Leben!", woraufhin jeder diese Worte wiederholte um sich gegenseitig zuzuprosten. Nachdem die Gläser auf dem Tisch standen begannen die

Gäste, sich über ihre Lebensverhältnisse auszutauschen. Offen berichteten sie von ihren Träumen, von ihren Lebensentwürfen ebenso wie von ihren persönlichen Niederlagen. Und als sie sich austauschten, stießen sie auf eine Gemeinsamkeit: Trotz Tränen und Niederlagen hatten diese Menschen das Träumen nicht aufgegeben, waren Idealisten geblieben, hatten den Glauben an das Gute nicht verloren. Mortszhiladse stand unvermittelt auf, stellte sich auf einen der herumstehenden Stühle, rief mit fester Stimme: „Nicht jeder Mensch ist ein Verbrecher, das Gute im Menschen existiert. Hier und jetzt müssen wir beginnen, Gutes zu tun!" Um seinen letzten Satz zu erklären, ergänzte er: „Menschen müssen wieder lernen, sich wie Menschen zu verhalten."

Begeistert nahmen die Anwesenden die Worte auf. „Hier und jetzt, es wird höchste Zeit!"

„Maria scheint in einer ausweglosen Situation, wir müssen helfen", forderte Mortszhiladse.

„Zählen Sie auf mich, ich bin dabei", entgegnete Wenkmann.

„Ich auch", erklärte Kahraman. „Ich habe zwar von Natur aus eine eher kritische Haltung den Frauen gegenüber, aber auch ich kann mich der Hilfe nicht verschließen. Auch ich bin dabei."

„Noch jemand Interesse zu helfen?"

„Leider muss ich morgen zurück nach Khabe, 500 Kilometer entfernt, wo ich wohne", antwortete die Frau, „ trotzdem möchte ich helfen."

Sie griff in ihr Portemonnaie um einige Geldscheine herauszuziehen.

„Geben Sie das Geld dem Mädchen, sie wird es gut brauchen können."

„Wer von sich behauptet, von einem Geist geschwängert worden zu sein, der benötigt Hilfe auf ganz anderem Gebiet", sagte einer der Männer, sich an die Stirn tippend. „Psychologische Hilfe wäre in ihrem Fall angebracht, in dieser Richtung sollten wir aktiv werden. Jawohl, das wäre der richtige Schritt, das wäre wirkliche Hilfe."

„Wenn Maria sagt, dass es der Geist war, dann war es der Geist", erkläre Mortszhiladse erneut mit fester Stimme, und sowohl Wenkmann als auch Kahraman nickten zustimmend.

„Ich kann leider nicht helfen, da ich weder Zeit noch Geld besitze. Schon morgen fahre ich zu meiner Familie nach Faljerba zurück", sagte der Freund Josefs.

„Wenn ich richtig rechne sind wir zu dritt", erklärte Kahraman. „Heute bleibt uns nichts anderes übrig, als zurück zur Pension zu gehen, denn die Ausgangssperre gilt leider auch für uns. Morgen werden wir mit dem Helfen beginnen."

Ein Kapitel, in dem Kahraman eine Busfahrt plant

Um Josef zu hindern, Maria zu verlassen, wollte Kahraman ihn dazu bewegen, letztlich aus sich selbst heraus, aus freiem Willen und eigenem Entschluss bei Maria zu bleiben.

„Er wird ein wenig aufs Kreuz gelegt werden müssen, der gute Mann", schmunzelte Kahraman.

Er hatte als Teppichhändler das kleine Einmaleins des Verkaufsgesprächs und damit der Beeinflussung des Kunden von der Pike auf gelernt. Die dabei erlernten Fähigkeiten, so meinte er, müssten ausreichen, um das Ziel *Josef bleibt bei Maria* zu erreichen.

Im Vorfeld gab es noch manche Hürde zu überwinden: So würde Josef vermutlich nicht freiwillig an einem Gespräch teilnehmen, weshalb er strategisch vorzugehen gedachte.

Kahraman stellte Nachforschungen an, erfuhr, dass Josef um fünf Uhr mit dem Bus vom Wohnort zum Arbeitsplatz fuhr. Die Fahrt selbst dauerte über eine Stunde, Zeit genug, um Josef in ein Gespräch über seine weitere Zukunft zu verwickeln.

Ein Kapitel, in dem Josef erfährt, dass viele Menschen viel über ihn wissen

Am nächsten Morgen stieg Kahraman an der ersten Bushaltestelle ein, der Buslinie, in die Josef jeden Morgen an der vierten Haltestelle zustieg. So blieb ihm Zeit für die Vorbereitungen.

Beim Busfahrer, der Zigarette rauchend vor dem alten Fahrzeug stand, kaufte er dass Ticket, einen kleinen, handgeschrieben Papierfetzen. Er stieg in den Bus, wo andere Passagiere enger zusammenrutschen mussten, damit er noch einen Sitzplatz bekam. Mit einer Verspätung von einer Viertelstunde fuhr der Bus los. An jeder regulären Haltestelle kam es zu einem längeren Halt, da Polizeibeamte die Papiere aller neu zusteigender Passagiere überprüften.

Kahraman fühlte sich nicht wohl in dem Bus, der so alt war, dass er jede Sekunde auseinander zu fallen drohte. Zudem nervten die permanenten Personenkontrollen. Auch die Fahrt selbst war anstrengend, da aufgrund zahlreicher Bombenkrater der Busfahrer ständig Slalom um große Löcher fahren musste.

„Das muss Josef Jakob jeden Tag ertragen", dachte Kahraman, „er muss eine sehr leidensfähige Person sein."

Die Fahrt führte an kleinen Dörfern vorbei, Menschen stiegen ein und aus. An den Haltestellen standen Verkäufer mit Bauchläden, die an die Fenster klopften um selbst gemixte Sirupgetränke in Plastikflaschen zu verkaufen. Neben Getränken wurden auch Früchte und Feigen angeboten. Gab ein Fahrgast ein Zeichen, kamen die Verkäufer mit ihren Bauchläden in den Bus hinein. Damit er zum Fahrgast gelangen konnte, schufen die anderen Fahrgäste eine Gasse, für die wundersamerweise noch Platz war.

Mit Anbruch des Tages und der damit verbundenen stärkeren Sonneneinstrahlung wurde die Busfahrt heiß und drückend. Neben Kahraman saß ein Mann mit Kind auf dem Schoss, das immerzu nach ihm trat. Es war ein Mädchen von etwa zwei Jahren und trug viele Narben im Gesicht. Sie kam vermutlich aus Namali, einem gottverlassenen Landstrich, in dem es Sitte war, den jungen Mädchen mit Narben das Gesicht zu verschönern.

„Verschönern ist eigentlich das falsche Wort", dachte Kahraman und versuchte, das kleine Mädchen furchterregend anzuschauen.

„Die Kleine mag Sie", sagte der Mann, „sonst würde sie nicht immerzu nach Ihnen treten."

„Langsam tut mir diese Liebesbezeugung weh", seufzte Kahraman und zog Bonbons aus seiner Tasche. Während er sie dem Mädchen in der Hoffnung auf Beendigung der Treterei übergab, wendete er sich dem Mann zu.

„Ich habe eine große Bitte", sagte Kahraman. „An der nächsten

Haltestelle steigt ein Mann zu, mit dem ich unbedingt reden muss. Würden Sie so freundlich sein, ihm ihren Platz zu geben? Wenn Sie die Freundlichkeit besitzen würden, wäre mir das auch zehn Dollar wert."

Der Mann pfiff durch die Zähne. „Zehn Dollar für einen Platz? Dann muss es ein sehr wichtiges Gespräch sein, dass Ihnen sicherlich auch 50 Dollar wert ist."

„15 Dollar", entgegnete Kahraman, der wusste, dass sich der Preis des Sitzplatzes auf 25 Dollar einpendeln würde.

„40 Dollar", sagte der Mann mit fester Stimme. „Der Platz kostet 40 Dollar."

„20 Dollar!"

„30!"

„25!", entgegnete Kahraman zufrieden, als der Handel mit einem Handschlag besiegelt wurde.

Als der Bus an der Haltestelle „Terra Roma" anhielt, erkannte Kahraman Josef Jakob im Gewühl der Menschen sofort. „Man hat mir eine perfekte Personenbeschreibung gegeben", dachte er zufrieden. „Das passt."

Auf dem großen Platz hinter der Haltestelle ging es hektisch zu, hunderte Menschen rannten umher wie aufgescheuchte Hühner. Während Polizisten durch den Bus eilten, um Papiere zu überprüfen, kam Josef Jakob durch den Gang auf ihn zu. Als sich Josef seinem Platz näherte, stand der Mann mit dem Kind auf und ging Richtung Ausgangstür. Während er zusammen mit dem Kind den Bus verließ, rief er Kahraman mit einem verzückten Lachen zu: „Sie haben ganz gut gefeilscht. Aber ich war besser, denn hier muss ich eh raus. 25

Dollar für die Katz, guter Mann."

Josef Jakob setzte sich neben Kahraman. Verärgert darüber, dass er so viel Geld für Nichts ausgegeben hatte, begrüßte er seinen neuen Nachbarn, der neben ihm Platz genommen hatte, mürrisch. „Tag!"

„Ebenso", entgegnete Josef, um hinzuzufügen: „Hätten Sie die Freundlichkeit, mir den Platz am Fenster zu überlassen?"

„Aber natürlich, selbstverständlich, sehr gerne!"

Widerwillig stand Kahraman auf, ließ Josef Jakob am Fenster Platz nehmen, setzte sich an den Gang.

„Sie sitzen gern am Fenster?"

„Ich sehe gerne, was draußen los ist. Und zwar mit eigenen Augen."

„Mit eigenen Augen", wiederholte Kahraman. „Es gibt Dinge, die das Auge nicht wahrnimmt. Oder haben Sie etwa gesehen, dass ich Sie treffen wollte?"

„Was soll ich gesehen haben?"

„Das ich Sie treffen wollte. Unser Zusammentreffen ist kein Zufall, sondern mit Absicht herbeigeführt."

„Was wollen Sie von mir?"

„Es geht um Maria, ihrer Verlobten."

„Heiliger Strohsack!", rief Josef aus. „Ich kann nicht mehr schlafen, träume schlecht wegen dieser Frau, und nun diese Aktion hier im Bus, nur um mich zu treffen?"

„Weshalb haben Sie Alpträume?"

„Ich weiß zwar nicht, was Sie das angeht, nur soviel: Irgendjemand will mich dazu bringen, etwas zu tun, was ich nicht tun will."

„Jemand verlangt von Ihnen, bei Maria zu bleiben", entgegnete

Kahraman.

Erstaunt schaute ihn Josef an: „Woher wissen Sie das?"

„Ach", seufzte Kahraman, „ich weiß viel über Sie, sehr viel. Maria ist schwanger, aber nicht von Ihnen. Und nun wollen Sie ihre Verlobte verlassen."

„Ja, das werde ich auch tun."

„Bevor Sie diese Dummheit begehen, möchte ich mich gerne mit Ihnen unterhalten. Kommen Sie übermorgen vor Sonnenuntergang ins „Tari Bari".

„Übermorgen Abend, am Shabbat?", fragte Josef.

„Vor Sonnenuntergang habe ich gesagt."

Ein Kapitel, in dem Wenkmann seinen Freunden Kahraman und Mortszhiladse einen Wal zeigt

Wenkmann hatte seine Freunde Kahraman und Mortszhiladse in sein Hotelzimmer gebeten um etwas sehr wichtiges zu präsentieren.

Als Kahraman und Mortszhiladse das Zimmer betraten, blickten sie sich um, konnten jedoch nichts entdecken, was nach einer wichtigen Präsentation aussah.

„Was erwarten Sie, meine Herren?", fragte Wenkmann, der unablässig an seiner LEICA hantierte.

Nach einer längeren Pause, die den Gästen die Möglichkeit gab, sich an einen Tisch inmitten des Zimmers zu setzen, begann Wenkmann zu referieren: „Der Hersteller dieser Fotokamera war schon mehrfach bankrott, weil es im Digitalzeitalter keine Existenzberechtigung für

Analogsignale gibt. - Sie können mit dem Begriff *Analogsignal* etwas anfangen, meine Herren?"

Mortszhiladse nickte: „Ein Analogsignal ist meines Wissens nach ein Signal, dass seine Stärke kontinuierlich zwischen einem Minimum und einem Maximum pendeln lassen kann. Im Gegensatz zum Digitalsignal sind beim Analogsignal auch kleinsten Schwankungen von Bedeutung."

„Sehr gut", bestätigte Wenkmann. „Besser hätte es kein anderer erklären können. Wichtig ist zu erkennen, dass es ausschließlich analog möglich ist, die Realität wirklichkeitsnah abzubilden."

„Realität wirklichkeitsnah abbilden, was soll das sein? Ich selbst habe zwar keine Ahnung von Fotografie, aber für mich ist Kamera gleich Kamera", erklärte Mortszhiladse.

„Kamera ist nicht gleich Kamera", wandte sich Wenkmann an Mortszhiladse. „Sehen Sie, vor Jahren habe ich in Brooklyn mit meiner alten Kodak Fotos einer Hochzeitsgesellschaft geschossen..."

„Geschossen? Das erinnert mich an meine Zeit beim Militär", unterbrach ihn Kahraman.

„So sagt man in der Fotographie: geschossen. Mit einer Kamera schießt man Bilder, ja, das tut man. - Aber ich wollte von der Hochzeitsgesellschaft erzählen. Die Stimmung war ausgelassen und fröhlich. Es ist viel getrunken und gegessen worden an diesem Tag. Diese ausgelassen fröhliche Atmosphäre habe ich an jenem Tag festhalten wollen, deshalb viele Fotos geschossen. Als ich dann einige Tage später die Filme entwickelt habe, ist mir beim Betrachten der Bilder aufgefallen, dass ein kleines Mädchen, das am Rand saß, weinte.

Zuerst habe ich mir nichts dabei gedacht. Viele fröhliche Menschen und ein kleines Kind, das weint. Erst als ich bemerkte, dass dieses Mädchen auf allen Bildern weinend am Bildrand abgebildet war, wurde ich nachdenklich."

„Ist es von den Eltern geschlagen worden, das arme Kind, oder wurde es arg geärgert?", wollte Kahraman wissen.

„Nichts von alledem. Ich habe mich erkundigt. Es handelte sich um das Kind eines Nachbarn, das an diesem Tag von schweren Magenschmerzen heimgesucht wurde, was in der Retrospektive wie ein Menetekel wirkt: Auf dem Foto bekommt dieses Weinen eine neue Bedeutung, wenn man weiß, dass das Hochzeitspaar einige Tage später bei einem Unfall ums Leben gekommen ist. Meine Fotokamera hat gewusst, was niemand hat wissen können."

Wenkmann stand auf, beide Arme ausstreckend, mit gerader Wirbelsäule seinen Kopf leicht nach oben gehoben.

„Aufstehen und tief Luft holen", sagte er.

„Es ist seine Methode, um Stress abzubauen", klärte Kahraman Mortszhiladse auf.

„Worauf wollen Sie hinaus, Herr Wenkmann?", fragte Mortszhiladse.

„Worauf ich hinaus will ist, dass ich auch einige Fotos von Maria gemacht habe."

„Sie kennen Maria?", fragte Mortszhiladse erstaunt.

„Flüchtig. Ich habe sie durch Zufall an der Bushaltestelle vor unserer Pension gesehen, ohne zu wissen, dass es Maria ist. Sie hat sich mit einer Frau unterhalten, die ich während des Fluges von Neu York ins

Heilige Land getroffen habe, Elisabeth. Maria hatte an der Bushaltestelle von ihrer Schwangerschaft berichtet, davon, dass sie morgens nach dem Aufstehen unter einer unerklärlichen Übelkeit leide, fürchterliche Brustschmerzen habe und plötzlichen Ekel vor bestimmten Speisen und Gerüchen empfand. Obwohl ihr klar war, dass sie ein Kind erwartet, wollte sie an jenem Tag einen Schwangerschaftstest machen, um sich letzte Gewissheit zu verschaffen."

„Woher wissen Sie das alles, mein Freund?", fragte Mortszhiladse.

„Zufällig traf ich gestern Elisabeth. Sie hat es mir erzählt, warum auch immer. Sie hat es mir eben erzählt."

„Gut, gut", unterbrach Kahraman und schaute Wenkmann dabei herausfordernd an. „Aber Sie wollen doch auf etwas ganz anderes hinaus. Heraus damit, mein Freund!"

„Ich habe einige Fotos von Maria gemacht, damals an der Bushaltestelle. Hier, sehen Sie!" Wenkmann griff in die Innentasche seines Sakkos und zog ein Fotos heraus, das er Kahraman überreichte.

„Das ist also Maria. So sieht sie aus! Hübsch ist sie, sehr, sehr hübsch. Sie ist eine sehr schöne Frau."

„Eine wunderhübsche junge Frau", bestätigte Wenkmann. „Aber werfen Sie bitte einen Blick auf ihr Kleid."

Mortszhiladse war aufgestanden und stand nun auch hinter Wenkmann. „Das Kleid, das Kleid!", wiederholte er leise.

„Nun sehe ich es. Die Kamera sieht eine Realität, die uns sonst verborgen wäre. Sehen Sie es auch, Kahraman? Ich erkenne eine geschwungene Falte in Form eines wasserspeienden Wales, Sie nicht?"

„Wäre das Licht anders auf das Kleid gefallen, sähe auch die Falte anders aus, ja, gewiss, es ist der reine Zufall", schnaufte Kahraman.

„Aber genau darum geht es doch!", erklärte Wenkmann. „Das Licht ist zu jener Tausendstellsekunde genau so und nicht anders auf das Kleid gefallen. Dieser eine Zeitpunkt, die LEICA, Maria, der Wal."

„Gut, ein Wal. Aber was hat dieser Wal auf ihrem Kleid zu suchen?", fragte Kahraman.

„Es gibt ein Buch im Tanach, das von einem Wal berichtet. Das ist das Buch des Propheten Jona."

„Erzählen Sie, Sie sind doch der Experte", forderte Mortszhiladse.

„Gut: Gott hatte Jona befohlen zu den Ungläubigen zu gehen, um sie von ihrem sündhaften Lebensstil abzubringen. Jona aber wollte diesen Auftrag nicht ausführen und schlug die entgegengesetzte Richtung ein, bis er die Küste erreichte und ein Schiff bestieg. Auf dem Meer kam ein großer Sturm auf und die Seeleute gerieten in Panik. Sie würden unweigerlich untergehen, wenn sich der Sturm nicht beruhigte. Ein um sein Leben fürchtender Matrose wandte sich mit der Frage an die Mannschaft, warum sich der Zorn Gottes über sie entladen hätte.

„Ich bin der Grund", rief Jona, „ich habe den Zorn Gottes auf euch gezogen weil ich ihm gegenüber ungehorsam gewesen bin."

Die von Todesangst getriebenen Seeleute packten Jona und warfen ihn ins Meer, woraufhin sich augenblicklich der Sturm legte. Jona trieb jetzt im Wasser. Er fragte sich, wie lange er überleben würde. Das Schiff war schon lange am Horizont verschwunden, sein Blick schweifte hoffnungslos über die unendliche Wasserfläche, als sich unvermittelt ein riesiger Wal von unten näherte und ihn verschluckte.

Drei Tage harrte Jona lethargisch im Bauch des Wales aus, bis dieser ihn an einem Strand ausspuckte."

Kahraman sah Wenkmann fragend an. „Der Wal ist ein Säugetier, genau wie der Mensch."

„Das ist richtig", entgegnete Mortszhiladse. „Aber bitte stellen Sie jetzt nicht schon wieder einen so unsäglich peinlichen Vergleich zwischen Mensch und Tier her. Das funktioniert weder bei Maria noch hier. Maria und ein Wal, das macht wirklich keinen Sinn."

Wenkmann war aufgestanden, steckte das Foto zurück in die Sakkotasche. „Ich als Religionswissenschaftler könnte durchaus einen Sinn erkennen."

„Und dieser wäre?", Mortszhiladse hob mit der Geste eines Unwissenden die Augenbrauen in die Höhe um gleichzeitig die Mundwinkel mit den Enden nach unten zu ziehend. „Maria und der Wal. - Vielleicht haben wir nur falsch hingesehen und es ist doch etwas ganz anderes. Könnten Sie mir das Bild noch einmal zeigen, Herr Wenkmann?"

Wenkmann griff erneut in seine Sakkotasche, zog das Bild heraus um es Mortszhiladse zu reichen.

„Falsch gegriffen", sagte Mortszhiladse. „Das ist nicht Maria, das ist unser Präsident."

„Der Präsident? Ich habe keinen Präsidenten fotografiert."

„Doch, doch, klarer Fall. Es handelt sich eindeutig um das Foto unseres Präsidenten."

„Wie kommen Sie denn auf diese verrückte Idee? Bei dem Mann auf diesem Foto handelt es sich ganz eindeutig", Wenkmann zeigte auf das

Bild, „um den Polizeichef des Heiligen Landes. Als ich am Flughafen ankam, nahm die Polizei mich mit auf die Wache und der hier", er deutete mehrfach mit dem Finger auf das Bild, „dieser Mann hat mich verhört."

„Aber wenn ich es Ihnen doch sage, Herr Wenkmann! Das ist eindeutig unser Präsident! Ich irre mich nicht!", erklärte Mortszhiladse.

Kahraman stand auf, stellte sich hinter Mortszhiladse und schaute auf das Foto. „Ja", bestätigte er, „das ist eindeutig der Präsident."

„Welch ein Unsinn! Warum sollte der Präsident höchstpersönlich mich, Balthasar Wenkmann, in Uniform gekleidet…"

„Was wollte er denn von Ihnen wissen, der Herr Präsident?"

„Ich hab ihm gesagt, dass ich hier bin, um die Situation des Landes mit Hilfe der Fotografie, mit fotografischen Mitteln, zu dokumentieren. Und dieser Mann hier, ob Polizist oder Präsident, hat mich gebeten, ihn auf dem Laufenden zu halten."

„Interessant!", Kahraman schnalzte mit der Zunge. „Sehen Sie, Wenkmann, machen Sie nicht soviel Aufhebens um ihren eingebildeten Wal. Das hier ist doch viel interessanter. Was wollte der Präsident wirklich von Ihnen?"

„Interessant ist beides, Herr Kahraman, glauben Sie mir. Das eine genau wie das andere, beides hochinteressant. Vielleicht werden wir eines Tages das Rätsel um die wahre Bedeutung des Wals lösen können. Eines Tages, nicht heute. Und dann werden wir vielleicht auch wissen, was der Präsident von mir wollte."

Mortszhiladse schaute aus dem Fenster. „Es geht um Maria, das dürfen wir niemals vergessen."

„Ein Kleid, ein Wal, ein Foto, der Präsident, das muss alles mit Maria zu tun haben. Aber was?"

„Gute Frage, nächste Frage", erwiderte Wenkmann. „Ich weiß es auch nicht. Beim besten Willen kenne ich die Antwort nicht. Aber ich weiß, dass Josef bei Maria bleiben muss."

Ein Kapitel, in dem Josef lernt, dass Liebe Gerechtigkeit ist und sich entschließt, Maria nicht zu verlassen

Der kleinen Konferenzraum des Tari Bari war festlich geschmückt. Auf einem großen Tisch standen Leuchter mit Kerzen. Im warmen Kerzenschein erstrahlten vier weißglänzende Porzellanteller auf einer blauen Tischdecke. Zwei braunglänzende Brote lagen unter einem samtenen, goldbestickten Tuch, daneben ein großer Weinbecher aus Silber.

Als Josef den Tisch erblickte entfuhr ihm ein Ausruf der Freunde. „Schön!"

„Es ist Shabbat, der gebührend gefeiert wird", mit diesen Worten hob Kahraman das Tuch vom Brot.

Wenkmann, Josef, Kahraman und Mortszhiladse stellten sich vor ihre Gedecke. Kahraman ergriff die Initiative, hob den Weinbecher in die Höhe und zitierte den Tanach, den Ruhetag betreffend. „Und es ward Abend und es ward Morgen: der sechste Tag. Der Himmel und die Erde waren vollendet. Gott vollendete mit dem siebten Tag sein Werk, das er geschaffen, und er feierte am siebten Tag von all seinem Werk, das er geschaffen hatte. Gott segnete den siebten Tag und heiligte ihn.

Gelobt seist du, Ewiger, unser Gott, König der Welt, der du die Frucht des Weinstocks erschaffen."

Kahraman setzte sich nun und trank, anschließend reichte er den silbernen Weinkelch weiter. So ging der Kelch reihum von Mund zu Mund, bis er leer war. Anschließend nahm er eine weiße Serviette, rieb seine Hände daran: „Gelobt seist du, Ewiger, unser Gott, König der Welt, der du uns geheiligt durch deine Gebote, uns erwählt hast und deinen heiligen Shabbat in Liebe und Wohlgefallen uns zum Anteil gegeben hast als Geschenk des Schöpfungswerkes."

Kahraman nahm die beiden Brote, hob sie in die Höhe, schnitt von dem einen ein Stück ab, tunkte es in Salz und aß davon, ehe er für die anderen reihum Stück um Stück abschnitt. „Gelobt seist du, Ewiger, unser Gott, König der Welt, der du Brot aus der Erde hervorbringst."

Er verharrte einige Augenblicke mit gesenktem Kopf, blickte dann auf, was der Kellner zum Anlass nahm, die Vorspeise zu servieren: Eier, Gemüse und einen mit Petersilie und Zwiebeln gefüllten Fisch. Zum Hauptgang gab es Schmorfleisch mit grünen Bohnen, zur Nachspeise frische Früchte und Gebäck. Dazu tranken sie kosheren Wein aus dem Heiligen Land.

„Heute fehlt es uns an nichts", bemerkte Mortszhiladse mit vollem Mund.

Während Kahraman zwei Löffel Fleisch auf seinen Teller legte, überlegte er sich das weitere Vorgehen. Der Shabbat hatte eine Atmosphäre geschaffen, der sich Josef nicht entziehen konnte. Wenkmann, der Josef Jakob durch den Sucher seiner LEICA anvisierte, erklärte, dass er die appetitanregenden Speisen auf dem

Tisch fotografieren wolle, auch auf die Gefahr hin, Josef mit auf dem Bild zu haben.

„Stört es Sie, wenn sie mit auf der Fotografie sind?", fragte Wenkmann.

„Nein, überhaupt nicht", entgegnete Josef.

„Das perfekt Foto", dachte Wenkmann, „Josef ist absolut entspannt, weil er davon ausgeht, dass es um das Essen geht, nicht um ihn.

Wenkmann interessierte sich in diesem Augenblick nicht für die Belichtungszeit und die Blende. Obwohl er einen sehr lichtstarken Film mit 400 ASA eingelegt hatte, war die Gefahr groß, dass das Foto misslang. „Entweder es ist perfekt, oder es wird in der Dunkelkammer nachgeholfen werden müssen."

„Wenn Sie mir einige Minuten ihr Ohr schenken könnten, Herr Jakob, ich muss mit Ihnen reden", erklärte Kahraman.

„Reden Sie", forderte Josef.

Leise, nicht ohne sich vorher geräuspert zu haben, fragte Kahraman: „Was ist nur mit Maria los?"

„Maria...", Josef Jakob sah auf die Kamera, nickte ab und an bestätigend mit dem Kopf, „sie hat mich belogen."

Josef erzählte, dass er mit Maria seit fünf Monaten zusammen sei, dass er sie sehr liebe, obwohl sie doch vom Wesen her sehr unterschiedlich seien. Bei einem Altersunterschied von mehr als vierzig Jahren sei das aber kein Wunder.

Josef berichtete, dass die ersten fünf Monate mit ihr wunderschön gewesen waren und dass er sich eine bessere Lebensgefährtin bis zu diesem Zeitpunkt nicht hätte wünschen können. Doch nun, mit einem

Schlag, sei alles anders.

„Warum anders?", wollte Kahraman wissen. „Maria ist jung und so wunderschön, da sollten sie ihre Ansprüche an sie als schon älterer Herr nicht so hoch hängen."

„Was heißt nicht so hoch hängen? Ich bin Witwer und brauche mir so etwas nicht mehr anzutun. Meiner erste Ehefrau hat mich Zeit ihres Lebens hintergangen, hat mich belogen, das weiß ich heute. - Nein, ich werde eine auf Lüge gebaute Beziehung nicht akzeptieren."

„Welche Lüge können Sie nicht akzeptieren?", fragte Kahraman. Ihn kostete es in diesem Augenblick eine große Überwindung, erstaunt auszusehen, weil er, was Frauen anbetraf, nicht in Erstaunen versetzt werden konnte.

„Meine Güte, Josef kann die Lüge generell nicht akzeptieren, das muss man akzeptieren", kommentierte Wenkmann und justierte seine Kamera. „Er kann es einfach nicht."

„Ich bin nicht der Vater ihres Kindes. Maria sagt, einen Vater gäbe es auch nicht. Verstehen Sie? Sie behauptet, dass sie nicht, na, Sie wissen schon, dass sie es eben nicht getan hat. Sie hat es eben noch nicht getan."

„Warum zieren Sie sich so, es deutlich zu sagen?", fragte Mortszhiladse. „Sagen Sie es doch frei heraus, dass Maria behauptet, sie habe nicht gefickt."

„Gut ja, genau das behauptet sie. Sie belügt mich ebenso wie mich meine verstorbene Frau immer belogen hat. Das alles ist sehr verletzend."

Josef Jakob nahm ein Stück Fisch, aß und redete gleichzeitig: „Alles passiert wieder nach dem gleichen Muster: Ich und die Frauen, die Frauen und ich, alles wieder nach dem gleichen Muster: Lüge, Lüge, Lüge."

„Warum sollte Maria lügen?", fragte Mortszhiladse scharf.

Wenkmann suchte mit der Kamera das Gesicht Josefs.

Der Gebrauch des Belichtungsmessers fiel ihm immer noch schwer. Er hatte in der Anleitung gelesen, dass das Zeitenrad des Belichtungsmessers mit dem Zeitenrad der Kamera gekuppelt werden musste. Wenkmann verstellte das Zeitenrad der Kamera, hob das Rad an der Unterseite an und fixierte es mit einer Drehung, um den Belichtungsmesser anschließend bis zum Anschlag in den Sucherschuh hineinzuschieben. Dann verstellte er das Einstellrad erneut und stellte die Belichtungszeit ein.

„Im ersten Augenblick ist der Umgang mit der LEICA kompliziert", dachte Wenkmann. „Im Laufe der Zeit merkt man aber, wie einfach es doch ist. Wirklich schwierig ist nur der Umgang mit Menschen."

Er stellte die Zeit zwischen 1/250 und 1/500 Sekunden ein. Der Leicameter MR besaß zwei Messbereiche. Das garantierte eine sehr genaue Messung auch bei extrem schwierigen Belichtungsverhältnissen. Wenkmann drehte den MR auf den roten Messbereich ein. Die richtige Blende zur eingestellten Zeit erhielt er, indem er den Zeiger bis zur entsprechenden Blendenzahl folgte.

„Ihnen selbst ist die Lügen fremd", behauptete Kahraman mit gespielter Unschuldsmiene.

„Was soll das?", entgegnete Josef und sah auf Wenkmann, der immer noch Einstellungen an der Kamera vornahm. „Ich komme mir vor wie auf der Anklagebank. Bin ich der Angeklagte?"

„Nun denn, Butter bei die Fische", forderte Kahraman. „Woher kennen Sie Maria?"

„Im Internet, im Flirtchat habe ich sie kennen gelernt."

„Wie ist es denn so, im Flirtchat?" Wenkmann hatte Josef Jakob im Visier und löste einige Male die Kamera aus.

„Wie soll es dort sein? Es ist ein Chat, in dem es sehr anonym zugeht. Es wäre für viele wirklich peinlich, wenn die Chatter wüssten, wer man in Wirklichkeit ist. Ich zum Beispiel habe mir im Netz keine fest umrissene Persönlichkeit aufgebaut, wie es Dauerchatter tun, sondern ich gebe mir immer neue Namen: Bin 25m, Sunnyboy23 oder so ähnlich."

„Bin 25m, Sunnyboy23? Das ist doch glatt gelogen. Sie sind 60 Jahre alt und weder 25 noch ein Sunnyboy."

„Und, wen interessiert das? So heiße ich eben im Chat."

„Und Maria? Haben Sie die auch unter diesem Namen angesprochen?"

„Ja, natürlich."

„Mit Bin 25m oder mit Sunnyboy23?"

Wenkmann drehte das Objektiv seiner LEICA gegen das Licht, um nach Schmutzspuren auf dem Objektiv zu suchen.

„Maria gegenüber nannte ich mich Sunnyboy 23."

„Und Maria, wie nannte sie sich?"

„Wespe."

„Wie lange haben Sie mit Wespe herumgechattet, bis es zum ersten wirklichen Treffen kam? Wie lange hat das gedauert?"

„Ja, das war irgendwann ein Problem. Da man sich in einem Chat in

Wahrheit doch nicht richtig unterhalten kann, hat ein Mitglied unserer Chat- Community für einige wenige von uns ein Chatter-Treffen organisiert, bei dem ich Maria kennen gelernt haben."

„Ist Maria enttäuscht gewesen, dass Sie nicht Sunnyboy 23 waren, sondern Josef Jakob 60?"

„Was heißt enttäuscht? Wir haben uns gut verstanden. Das war ihr und auch mir wichtig, nicht das Alter."

„Das glaube ich Ihnen gerne", rief Mortszhiladse und lachte. „Für einen 60ig jährigen ist eine so junge Frau...“

„Da verstehen Sie etwas falsch! Außerdem, was geht Sie das eigentlich an? Immerhin besitze auch ich so etwas wie eine Intimsphäre."

„In Kriegszeiten besitzt man so etwas nicht, Herr Jakob", erklärte Kahraman. „In Kriegszeiten wird jeder Mensch zur öffentlichen Figur. Erst recht einer wie Sie, also bitte!"

„Ich hatte und habe keine sexuellen Absichten. Wirklich nicht", erklärte Josef mit fester Stimme. „Außerdem habe ich gewusst, dass Maria anders ist als gewöhnliche Frauen."

„Keine sexuelle Absichten? Immerhin waren sie beide doch in einem Flirtchat."

„Flirtchat, Sie sagen es! Flirtchat, nicht Fickchat."

Wenkmann hatte seine Kamera wieder auf Josef gerichtet und hoffte, dass das Mondlicht ihn ausreichend belichten würde. Je nachdem, welchen Sucheranteil er dem Licht einräumte, würde das Gesicht Josefs auf dem Foto verdunkelt abgebildet beziehungsweise gewänne an Konturen. Wenkmann war sich nicht im Klaren darüber, wie er das Gesicht Josef Jakobs ablichten sollte, ohne an Authentizität zu verlieren.

„Glauben Sie eigentlich an Engel?", fragte unvermittelt Kahraman.

Josef bewegte ein wenig seinen Körper, spitzte seine Lippen:

„Sonderbar, ihre Frage. Letzte Woche habe ich mich mit einem Chatter unterhalten, der sich Engel nannte."

„Im Flirtchat?"

„Ja, im Flirtchat. Der Engel, dieser Engel hat mich dumm von der Seite her angequatscht."

„Dumm von der Seite her? Wie geht denn so etwas im Chat?", wollte Mortszhiladse wissen.

„Als ich ihn fragte, was er von mir wolle, hat er behauptet, er sei ein guter Bekannter Marias."

„Und?"

„Maria kennt keinen Engel oder jemanden, der sich Engel nennt."

„Vielleicht kennt Maria ihn zwar, aber er hat sich vorher nicht Engel genannt, sondern Teufel oder ganz anders."

„Möglich. Aber er muss Maria sehr gut kennen, denn er weiß so ziemlich alles über sie."

„Was ist daran sonderbar? Irgendwie scheint inzwischen jeder alles über Maria zu wissen. Und auch über Sie wissen viele Menschen ziemlich alles. Sie beide sind zu öffentlichen Personen geworden."

„Wie bitte?"

„Na, genau wie ich es gesagt habe. Alle Welt weiß, oder scheint zu wissen, worüber Sie seit einigen Tagen nachdenken: Dass Sie Maria heimlich verlassen wollen, um auf diese Art und Weise die Verlobung zu lösen. Dass wissen eine Menge Leute, das weiß inzwischen die ganze Welt. - Was hat der Engel gesagt?"

„Der hat gut reden. Ich soll sie sofort heiraten! Der Engel sagt, dass das Kind vom Heiligen Geist sei, dass es ein Sohn wird und Jesus heißen soll. Dieser Jesus soll die Menschen von ihren Sünden befreien."

„Verrückt, wirklich verrückt, dieser Engel", kommentierte Wenkmann und drehte seine Kamera hin und her. „Ein verrückter Engel. Soll vorkommen."

„Das habe ich auch gedacht, so ein Schwachsinn! Maria behauptet dasselbe, behauptet, dass sie vom Heiligen Geist geschwängert worden sei."

„Dann ist dieser Engel kein anderer als Maria selbst?"

„Das kann nicht sein, weil er auch eine ganze Menge über mich weiß, was Maria nicht wissen kann. Dieser Engel kennt uns beide sehr gut."

„Dann überlegen Sie doch einmal, wer der Engel ist."

„Keine Ahnung. Das wüsste ich auch gerne."

„Gelobt seist du, Ewiger, unser Gott, König der Welt, der das Licht gebildet und die Finsternis erschaffen, er stiftet Frieden und erschafft alles", betete Kahraman leise, um anzufügen: „Sie kennen die Antwort, Herr Jakob. Die Antwort liegt im Ursprung von allem, im Geheimnis der Welt. Sie können davon ausgehen, dass der Engel wirklich ein Engel ist."

Kahraman drehte sich Wenkmann zu, der sich hingestellt hatte, beide Arme ausgestreckt mit gerader Wirbelsäule seinen Kopf leicht nach oben gehoben.

„Das muss ich auch immer! Tief Luft holen und schlucken", meinte

Josef. „Engel gibt es nicht."

„Doch, gibt es! Ist so. Der Ursprung von allem, das Geheimnis der Welt liegt nicht im Menschen begründet", rief Kahramen lauthals in den Raum hinein um noch einmal laut zu wiederholen: „Der Ursprung von allem, das Geheimnis der Welt ist Liebe und Gerechtigkeit, Gerechtigkeit ist Liebe. Wer liebt, handelt gerecht. Sollten Sie Maria wirklich lieben, dann handeln Sie gerecht, indem Sie bei ihr bleiben."

„Sperrstunde!", rief der Wirt. „Sie werden wie besprochen hier übernachten. Ich habe eine ausreichende Anzahl Feldbetten aufgestellt. Gleich wird der Strom abgestellt."

Der Wirt zündete mehrere Kerzen an und schüttelte dabei immer wieder seinen Kopf: „ Der Mensch baut Atomkraftwerke, Kohlekraftwerke, die Gezeiten der Weltmeere werden für die Stromerzeugung genutzt, doch wir hier im Heiligen Land zünden Kerzen an."

Wieder einmal würde der Kühlschrank in dieser Nacht zum Regal werden, wieder würde der gesamte Lebensmitteleinkauf für die nächsten Tage auf dem Spiel stehen.

„Ich hoffe, dass sie uns den Strom früh genug wieder andrehen", sagte der Wirt.

„Krieg", entgegnete Josef.

„Krieg, verdammter", erklärte Mortszhiladse. „Es wäre fatal, wenn Sie Maria alleine ließen. Wenn Sie sie wirklich lieben, bleiben Sie."

„Ich liebe sie", entgegnete Josef.

Ein Kapitel, in dem Josef mit Entsetzen feststellen muss, dass Maria ihn verlassen hat

„Wie kann sie mir das antun?", hatte Josef am Telefon gefragt.

Er hatte sich nach langem Überlegen für Maria entschieden, war bei ihr geblieben, obwohl das Kind nicht von ihm war. Und nun, mitten in der Nacht, hatte er feststellen müssen, dass sie fort war. Maria hatte die Unverfrorenheit besessen, ihn zu verlassen.

Maria war jung, und er, Josef Jakob, hatte sein Leben schon gelebt. Das war so. So dachte er. Aber einfach weggehen? -

Er, Josef Jakob, hätte unzählige Gründe gehabt, wegzugehen, davonzulaufen. Aber er war geblieben. Nun war sie es, die gegangen war.

„Ich besuche heute meine Cousine Elisabeth", hatte Maria gesagt. Josef kannte Elisabeth, wusste, dass auch sie schwanger war.

„Wann bist du zurück?", hatte er gefragt, und: „Pass auf dich auf!"

Bis spät in die Nacht hatte Josef auf Maria gewartet, war ihretwegen aufgeblieben, doch sie war nicht zurück gekommen.

„Die beiden schwangeren Frauen haben sich gewiss viel zu erzählen." Dieser Gedanke war Josef durch den Kopf gegangen, hatte ihn aber nicht beruhigt. Besorgt hatte er Elisabeth angerufen.

Elisabeth erzählte mit ihrer tiefen, etwas undeutlichen Stimme von dem gemeinsamen Abend und davon, dass es Maria sehr gut ginge um dann zu erklären: „Wir beide haben darüber nachgedacht, wie und wo Maria die erste Zeit der Schwangerschaft verbringen soll. Wir sind heute zum Entschluss gekommen, dass es besser ist, wenn sie die erste Zeit über bei mir bleibt."

Josef musste schlucken. „Wie bitte?"

„Sie wird die erste Zeit über bei mir bleiben. Hier bei mir kann sie sich ganz und gar ausruhen, muss weder Hausarbeiten erledigen, außerdem... es ist gut, wenn sie hier bei mir in den Bergen ist und nicht in der Stadt."

Elisabeths veränderte ihre Stimmlage, sprach nun hell und klar: „Maria und ihr Kind sind gesegnet. Gesegnet, Gott hat das getan. Er wird sie behüten, lässt sein Angesicht über sie leuchten und ist ihr gnädig. Gott hebt sein Angesicht über sie und gibt ihr Frieden."

„Und, wer gibt mir Frieden, jetzt, wo Maria weg ist?", hatte Josef gefragt.

„Hören Sie doch, was ich sage!"

„Ich habe mir wirklich Sorgen gemacht. Wie kann ich Frieden finden, wenn ich in Sorge bin? Maria hat es nicht einmal für nötig gehalten, mir Bescheid zu geben."

„Verstehen Sie doch", hatte Elisabeth zu erklären begonnen: „Maria ist..."

Plötzlich ging die Türklingel, Josef hörte gleichzeitig die Stimme Wenkmanns: „Hallo, Josef, machen Sie auf, ich bin es!"

„Augenblick, bitte", rief Josef laut, und dann, leise zu Elisabeth ins Telefon: „Ein guter Freund ist gekommen. Ich rufe später noch einmal an."

Als Wenkmann ins Haus eintrat, spürte er sofort die angespannte Atmosphäre. „Was ist geschehen?"

Josef begann sich lauthals über Maria zu beschweren, die ihn ganz offensichtlich verlassen hatte. „Und das habe ich nur Ihnen zu verdanken, Herr Wenkmann, Ihnen und ihren beiden Freunden."

„Mir? Ich bin mir keiner Schuld bewusst."

„Doch! Nur ihrer Überredungskunst wegen bin ich damals überhaupt bei ihr geblieben. Und nun ist sie weg."

„Verrückte Welt, das muss ich zugeben", meinte Wenkmann, der über Marias Verhalten sehr erstaunt war.

„Und ich habe mich breitschlagen lassen, bei ihr zu bleiben."

„Breitschlagen? Sie haben sich aus freien Stücken für diesen Schritt entschieden."

„Die Frau, bei der Maria momentan ist, hat gesagt, Maria könne sich bei ihr besser ausruhen."

„Wer ist die Frau, die das gesagt hat?"

„Elisabeth."

„Die Elisabeth, mit der ich zusammen von Neu York aus geflogen bin?"

„Doch, ja, die."

„Sonderbar. Sie fliegt wegen einer Untersuchung um den halben Erdball...wenn ich mir diesen Stress vorstelle... und nun plötzlich kann es ihr nicht ruhig genug zugehen? Vielleicht hat sie Recht, und für Maria ist es das Beste."

„Und ich?", hatte Josef gefragt, „was ist mit mir?"

„Ich verstehe ihre Gefühle."

„Verstehen! Wie oft habe ich das in der letzten Zeit gehört. Alle Welt kann mich gut verstehen. Sie alle reden auf mich ein, an der Situation selbst ändert sich jedoch nichts, ganz unter dem Motto: Schön, dass wir mal darüber geredet haben."

„Schön, dass wir mal darüber geredet haben", wiederholte Wenkmann.

„Wollen Sie mich auf den Arm nehmen?"

„Nichts läge mir ferner als das. Momentan ist es wirklich so, dass Sie nur reden können."

Maria blieb etwa drei Monate bei Elisabeth, dann kehrte sie ohne eine Erklärung zu Josef zurück.

Ein Kapitel, in dem Wenkmann, Kahraman und Mortszhiladse Zeugen einer Geburt werden

Als Josef den Esel im Scheinwerferlicht sieht, ist es fast zu spät zu reagieren, er reißt noch das Lenkrad herum, tritt auf das Bremspedal. Die Räder blockieren, das Auto dreht sich einige Male um die eigene Achse, dann folgt ein lauter Knall, als der Wagen im Graben landet. Wasser dringt ins Auto, das anschließend halb im Wasser versinkt, dann wird es still.

Ein Polizist, der nach einer Meldung am Unfallort eintrifft, schildert, dass er mit langsamer Geschwindigkeit auf der Straße unterwegs gewesen sei, als er einen Kopf aus dem Gebüsch habe ragen sehen. Er habe die junge Frau aus ihrem halb im Kanal versunkenen Auto gezogen, als sie immer wieder die Worte: „Mein Baby, mein Baby!", ausgerufen habe.

Der Polizist findet das Neugeborene auf dem Vordersitz, den Vater auf der Rücksitzbank.

"Es war eine unglaubliche Erfahrung", sagt der Polizist später zu einem Kollegen, „es ist ein Wunder, dass ich rechtzeitig an der

Unfallstelle war. Als ich bemerkte, dass die Familie wohlauf war, habe ich sie zum nächsten Autohof gefahren, wo sich Lastwagenfahrer um sie gekümmert haben. Kein schöner Ort für ein Neugeborenes, aber welche Alternative gab es?"

Der Polizist seufzt zufrieden. „Im Moment haben wir wegen der Volkszählung viel zu tun, da alle Bewohner des Landes von den Interviewern an ihren Wohnort aufgesucht werden. Wird dort niemand angetroffen, ist dies eine Ordnungswidrigkeit und wird mit hohen Geldstrafen geahndet. Das ist einerseits der Grund für das Menschenchaos, weil jeder zu Hause sein muss, andererseits für unsere hohe Arbeitsbelastung, da wir vielen Ordnungswidrigkeiten nachgehen müsse."

Plötzlich nähern sich drei Männer dem Polizisten und fragen nach einer Werkstatt. „Ich könnte eine Werkstatt anrufen, aber ob heute noch jemand vorbeikommt, ist unwahrscheinlich."

„So ein Mist! Eine total chaotische Situation, und keine Hoffnung auf Hilfe", erklärt Melchior Mortszhiladse. „Diesen verschmutzten, nach Urin, Treibstoff und Abfall stinkenden Autohof in der Nähe einer viel befahrenen Schnellstraße haben wir zwangsweise angefahren wegen unseres defekten Motors." Caspar Kahraman und Balthasar Wenkmann nicken bestätigend.

Drei schlecht gelaunte Männer, und nun das. Ein neugeborener Mensch. Balthasar betrachtet das Baby. Menschen drängen ihn weg. Der Himmel scheint sich aufzutun. Der Rastplatz erstrahlt und leuchtet von den Hunderten Scheinwerfern aller Fahrzeuge, die auf Kommando ihre Lichter angeschaltet haben.

Wenkmann registriert die anderen Menschen auf dem Rastplatz, die, wie er selbst, von diesem Ereignis ergriffen sind. Er zieht seine LEICA aus der Tasche und fotografiert Lastwagenfahrer, die für die Eltern Decken, Getränke und Essbares sammeln. Ein Fahrer kommt mit einigen Flaschen Schnaps und einem Tablett voll kleiner Gläser aus dem Rasthaus. Durch die Menschenmenge gehend drückt er die bis an den Rand gefüllten Gläser den Umstehenden in die Hände.

„LeChaim! Auf das Leben!", schreit Melchior immer wieder. Alle trinken, einige Männer wischen sich Tränen aus den Augen. Caspar zeigt in den Himmel, wo ein Komet leuchtend am Horizont verglüht.

„LeChaim! Wir kennen die Eltern, Maria und Josef, sind aber nicht wegen ihnen hier. Unser Auto hat einen Motorschaden, sonst wären wir ganz wo anders."

„Jews started to say LeChaim before drinking wine to distinguish from this and to emphasize that drinking wine should be for life," erklärt ein unrasierter Mann.

„Wein? Das hier ist doch Schnaps!"

„Afin de célébrer comme il se doit cet anniversaire...", ruft ein Fahrer in die Nacht hinein, ein anderer: „Un niño nace. Déjenos beber juntos! No vino, no vino. No tenemos vino!'

„Kein Wein? Egal! Schnaps ist ebenso gut. Le Chaim!", ruft Caspar.

„LeChaim! Gott wird einen neuen Himmel und eine neue Erde schaffen, dass man der vorigen nicht mehr gedenken und sie nicht mehr zu Herzen nehmen wird."

Balthasar fallen zwei Frauen in hellen Kleidern auf, die zu singen beginnen. Erst leise, ganz leise, ein Wiegenlied. Sie steigern ihren

Gesang, zweistimmig und strahlend.

„Das ist schön, wunderschön", sagt ein alter Fahrer leise zu Caspar.

„Es ist so schön wie bei mir zuhause. Dort wird auch getanzt und gesungen."

„Tanzen und singen zugleich?", fragt Caspar.

„Ja", bestätigt der Mann, „Musik öffnet unsere Herzen, Tanz öffnet unsere Seelen. Das ist das Leben! LeChaim, auf das Leben!"

Balthasar wird noch ein Schnaps angeboten. Eiskalt und ebenso heiß rinnt es ihm die Kehle hinunter. Er fühlt sich leicht, schlägt mit dem Fuß den Takt, bewegt dabei seine Knie, beginnt unweigerlich zu tanzen. Ein Mann neben ihm legt, mittanzend, eine Hand auf seine Schulter, sieht ihn dabei an. „Hier, auf dem Autohof, ein Kind!"

„Ist so!", entgegnete Balthasar. „Es ist ein Junge. Die Mutter heißt Maria."

„Fürchterlich, nicht wahr?"

„Warum?"

„Es ist keine gute Zeit zum Geborenwerden", ruft der Mann gegen die Musik an, die lauter wird. „Es wird zuviel gestorben, zuviel Leid, zu viele Tränen. Für Kinder ist diese Welt nichts."

„Doch, doch!", widerspricht Balthasar, „gerade jetzt und hier ist es nötig, dass dieses Kind geboren wird. - Das Kind ist Zukunft, ohne dieses Kind sind wir verloren."

„Jetzt machen Sie es nicht feierlicher als es ist", stellt eine schwarz verhüllte Frau nüchtern fest. Ein Kind ist geboren, ein Junge. Nicht mehr, aber auch nicht weniger."

„Feierlicher als es ist?", Caspar tritt neben seinen Freund. „Dieser

Mann, mein Freund", Caspar legt seine Hand auf Balthasars Schulter, „ist von Natur aus das Feierliche fremd. Er spricht aus, wie es ist. So ist es, es ist wahr. Die Geburt dieses Jungen lässt uns unsere Existenz neu verstehen."

„Dieser Junge?", fragt die Frau nach. „Dieser Junge hat mit meinem Leben nichts zu tun."

„Doch, auch mit ihrem Leben."

Caspar bahnt sich erneut einen Weg hin zum Kind. Da liegt es, eingewickelt in Decken inmitten eines großen Reifens neben einem Lastwagen, der Betonpfähle geladen hat.

„Zufall", hört er eine Stimme sagen, „ der Tank war leer, da bin ich rechts raus und nun bin ich hier. Es ist wunderbar. Zum Tanken bin ich noch gar nicht gekommen."

„Wie lange bist du denn schon hier?"

„Sieben, acht Stunden, vielleicht auch länger. Ich habe das Gefühl für die Zeit verloren. Als der Polizist die Familie mit dem Kind zu uns gebracht hat, haben wir getan, was wir konnten, um zu helfen."

„Die arme Frau."

„Jesus heißt er, der Kleine. Schau, wie glücklich die Mutter aussieht."

Balthasar Wenkmann betätigt den Auslöser seiner LEICA. Er ist später beim Durchsehen der Fotos über die Art und Weise überrascht, wie seine Kamera die Stimmung eingefangen hat. Ein großer Augenblick. Maria beugt sich über den Autoreifen, streichelt das Gesicht des Kindes mit ihren Fingern.

Noch immer singen Frauen, tanzen Fahrer zur Melodie, noch immer klatschen andere rhythmisch im Takt.

„Da, der Vater!"

Balthasar dreht sich um. „Der mit der grauen Strickweste?", wird er gefragt.

„Yeah, Strickweste, das ist Josef."

„Maria und Josef mit ihrem kleinen Jesus. Wie schön!"

„Es ist dreckig, es ist schmutzig, es ist dunkel."

„Ja, das ist richtig. Und trotzdem ist es schön."

Balthasar überblickt die Menge der Herumstehenden auf der Suche nach Melchior und Caspar. Die beiden stehen in der Nähe eines Feuers, in dem Paletten brennen und Zeitungspapier. Er winkt seinen Freunden zu, die sich daraufhin auf den Weg zu ihm machen. Seine Freunde kreuzen einen hochglanzpolierten gelben Lastwagen mit einem beleuchteten Plastikbäumchen auf dem Armaturenbrett. „Das muss ein Schwede sein oder ein Norweger mit ihrem Wintersonnenwendfest", denkt Balthasar.

„Was ist los?", fragte Melchior. „Hast du eine Möglichkeit gefunden, wie wir hier wegkommen?"

„Da hinten soll ein Fahrer sein, der Motoren reparieren kann."

„Hat er denn das nötige Werkzeug?"

„Keine Ahnung. Notfalls müssen wir die Nacht im Auto verbringen."

„Geht nicht. Das ist, wenn wir hier bleiben, schon für das Paar mit dem Kind reserviert."

„Besser wäre doch, wenn sie mit dem Kind in der Schlafkabine eines Lastwagens übernachteten."

„Platz für die Mutter und den kleinen Knirps wäre da schon. Aber der Vater?"

„Der schläft im Auto."

„In unserem Auto? - Und wir?"

„Wir schlafen nicht. Wir brauchen den Schlaf nicht. - LeChaim!",
sagt Balthasar und sieht sehr zufrieden aus.

„Haben wir keine Geschenke für das Paar?", fragt Caspar.

„Nein, wieso auch, niemand konnte so etwas ahnen." Melchior schaut
irritiert, seine Hände verschwinden in der Jackentasche.

„Stimmt. Jeder von uns sollte etwas geben. Das ist üblich", sagt
Balthasar.

„Ha! Ich gebe meinen kanadischen Dollar aus Gold mit einem
Feingewicht von 15,55 Gramm", strahlt Caspar glücklich.

„Sieh an, sieh an, ein reicher Mann", lacht Melchior.

„Mein Geschenk!"

„Ich habe nichts zu verschenken", entgegnet Balthasar.

„Was ist mit der LEICA?" fragt Caspar spitzbübisch. „Man gibt, was
man hat."

Während Balthasar noch überlegt, was er antworten soll, ruft Caspar
aus: „Man gibt, was man hat, es sei denn, man braucht es zum Leben."
Er deutet auf die Kamera. „Die ist doch lebensnotwendig, oder?"

„Unbedingt", bestätigt Balthasar, „unbedingt lebensnotwendig."

„Ich habe auch nichts", sagt Melchior, seine Arme hilfesuchend
theatralisch gen Himmel streckend.

„Da müssen wir uns schnell etwas überlegen", erklärt Caspar. „Hat
niemand eine Idee?"

„Die Familie hat kein Auto", Melchior senkt langsam die Arme. „Das
ist meine Idee: Wir werden ihnen unseren Wagen schenken."

„Das kaputte Auto?"

„Wir werden es reparieren lassen."

„Perfekt", bestätigt Caspar. „Dann können wir jetzt die Übergabe der Geschenke in Angriff nehmen."

„Wie sich das wieder anhört", entgegnet Melchior belustigt. „Sie reden, als wären Sie immer noch beim Militär."

„Oberflächlich ja, vielleicht. Manchmal verwende ich eine sehr kriegerische Sprache. Aber ich habe mich weiterentwickelt, mein Freund. Heute weiß ich, dass das Militär die Wurzel allen Übels ist. Heute weiß ich: Ehre sei Gott in der Höhe und Frieden auf Erden bei den Menschen des Wohlgefallens."

Ein Kapitel, das von der Beschneidung Jesu und den damit verbundenen Festlichkeiten handelt

Die drei Männer stehen im Flur, Josef begrüßt sie mit Handschlag.

„Schön, dass ihr gekommen seid. - Wer hat Euch übrigens eingeladen?"

„Eingeladen hat uns niemand. Aber Herr Kahraman kennt die jüdischen Gepflogenheiten und weiß, dass das Fest der Beschneidung am achten Lebenstag stattfindet", entgegnet Mortszhiladse, als die Türglocke den nächsten Gast ankündigt. Es ist der Rabbiner, der die Beschneidung durchführen soll.

„So ein Familienfest kann auch ins Auge gehen", sagt Josef vielsagend, „aber man soll sich nicht aus Angst vor der ungeliebten Verwandtschaft vor einem Familienfest drücken."

„Da gebe ich Ihnen Recht", entgegnet Mortszhiladse, „auch in meiner Verwandtschaft gibt es problematische Fälle."

Als Marias Mutter und Vater, Schwestern, Brüder, Onkel, Tanten, Nichten und Neffen das Haus betreten, wird sofort nach dem Kind gerufen.

Josef bittet sie in die Wohnküche, wo das Kind in einer Wiege schläft.

Eine Schwester beugt sich hinunter zum Kind:„Schön, dass wir das Kind endlich zu Gesicht zu bekommen. Wir hatten schon Sorge, dass ihr es vor uns verstecken wollt."

„Wie süß es schläft", stößt die Tante aus.

„Ganz der Vater", meint der Neffe.

„Nein, der kommt ganz nach der Mutter", widerspricht der Onkel.

„Lasst ihn in Frieden schlafen", flüstert die Großmutter.

Im einem großen Zimmer, das Josef als Werkstatt dient, versammeln sich die Gäste. An den Wänden stehen Regale mit verschiedenen Werkzeugen, alte Schränke, deren Türen halb offen stehen, eine große hölzerne Werkbank und eine Kreissäge mit viel Sägemehl unter dem Tisch.

„Josef hätte wenigstens aufräumen können!", entrüstet sich Josefs Onkel.

„Problematische Verwandtschaft", flüstert Josef leise. Wenkmann nickt ihm bejahend zu. Laut sagt Josef: „Maria hat alle Hände voll zu tun, und ich war bis vor wenigen Minuten mit Sägearbeiten für die Wiege beschäftigt."

„Habe schon verstanden", entgegnet der Onkel in gekränktem Ton, du bist, wie immer, völlig überfordert mit der Situation und suchst die

Schuld bei den anderen. Typisch."

„Mein Lieblingsonkel", flüstert Josef, „*Schuld* ist sein großes Thema."

Wenkmann lächelt und schaut sich die Werkstatt näher an. In den Ecken stehen verschiedene große Hölzer und Bretter, an den Wänden Bilderrahmen an Haken, ebenso ein Hobel sowie eine Säge. Neben der Tür steht ein gusseiserner Kanonenofen neben dem sich Holzscheite auftürmten. Durch ein kleines Fenster fällt Tageslicht.

„Hier soll es also geschehen. Gibt es denn keinen schöneren Ort für die Beschneidung als diese dreckige Werkstatt?", wird Josef gefragt.

„Mein Vater war Zimmermann, ich bin Zimmermann und auch Jesus wird diesen Beruf aller Voraussicht nach erlernen. Was ist dagegen einzuwenden, wenn er hier, in der Werkstatt..."

„So sehe ich das auch!", unterbricht ihn ein Onkel, der auch Zimmermann ist. „Außerdem ist das kein Dreck, sondern frisches Holz, wahrlich kein Dreck."

Plötzlich geht alles ganz schnell und niemandem bleibt Zeit, sich erneut über irgend etwas beschweren zu können. Der Rabbiner ist in die Werkstatt getreten und ruft nach dem Kind. Gleichzeitig bittet Josef die beiden Paten, Simeon und Hanna, ihm zu folgen.

„Die Paten sind Zeugen", sagt der Onkel.

„Für was sollen sie zeugen?", fragt Mortszhiladse, für den jüdische Bräuche böhmische Dörfer sind.

„Sie bezeugen, dass der Segen Gottes für das Kind erbittet wird," klärt ihn Kahraman auf.

Nun hat auch Maria, den Säugling im Arm haltend, die Werkstatt betreten. Sie überreicht das Tuchknäuel Hanna, die das Baby weiter an

Josef reicht. Die Verwandtschaft, die zuvor auf Klappstühlen Platz genommen hatte, steht auf und ruft: „Gesegnet, der da kommt!"

Kurz vor der Beschneidung selbst übergibt Josef den Säugling an den Paten, der auf einem für ihn bereitgestellten Sessel Platz nimmt.

„Das Herumreichen des Kindes ist vorgeschrieben, weil Josef das Kind nicht unmittelbar aus den Händen der Mutter nehmen darf. Maria gilt noch von der Geburt her als unrein", erklärt Kahraman ungefragt.

Mortszhiladse nickt nur, ohne die Sache wirklich zu verstehen.

Ein Onkel, der die Erklärung Kahramans gehört hat, lacht: „Ja, bei einer Beschneidung muss alles korrekt ablaufen."

Nun nimmt der Rabbiner das Kind um sich anschließend auf einen gepolsterten Sessel zu setzten.

„Wenigstens der sitzt bequem", meint die alte Tante, ihren Blick kopfschüttelnd auf einen der vielen Klappstühle gerichtet. Während der Rabbiner den Segen spricht, befragte Mortszhiladse Kahraman immer wieder nach dem Sinn der Worte. Kahraman erklärte so gut er kann, bis der Rabbiner warnend seine Stimme hebt. Kahraman verstummt abrupt, flüstert dann leise: „Mortszhiladse, googlen Sie. Suchwort *Beschneidung*."

„Reicher Friede denen, die deine Tora lieben, sie straucheln nicht. Heil dem, den du erwählst und dir nahen lässt, dass er in deinen Höfen wohne", ruft der Rabbiner.

„Mögen wir erquickt werden mit der Seligkeit deines Hauses, der Heiligkeit deines Tempels", ruft die Verwandtschaft gleichzeitig.

Hierauf legt der Rabbiner das Kind auf den Schoß Simeons: „Gelobt seist du, Ewiger, unser Gott, König der Welt, der du uns geheiligt durch deine Gebote und uns die Beschneidung befohlen." Sodann beginnt er, die Vorhaut am Penis des Jungen zu entfernen, wozu er das beiderseits geschärfte Beschneidungsmesser verwendet, einen Kamm zur Ablösung der Vorhaut von der Eichel sowie einen Schild, der die Eichel vor Verletzungen beim Schneiden schützt.

Mortszhiladse hat sich abgewendet, sagte etwas von: „Ich kann kein Blut sehen", und: „Der arme Junge, das tut weh!"

„Nein, keineswegs", entgegnet Kahraman beruhigend, „die Beschneidung tut dem Neugeborenen nicht weh, weil die Schmerznerven noch nicht vollständig funktionieren."

„Und warum schreit der Kleine?", fragt Mortszhiladse.

„Man könnte ihm Wasser über den Kopf gießen und er würde zu schreien beginnen. Seien Sie versichert, Mortszhiladse, Wasser drüber gießen ist ebenso schmerzlos wie die Beschneidung. Babys schreien eben von Natur aus."

„Babys schreien viel, wohl wahr."

Nach der Beschneidung stellt sich Josef neben seinen Sohn: „Gelobt seist du, Ewiger, unser Gott, König der Welt, der du uns geheiligt durch deine Gebote und uns befohlen, den Sohn in den Bund unseres Vaters Abraham aufzunehmen."

Im Anschluss an die Beschneidung soll das Festessen beginnen. Josef erschrickt, denn er hat wenige Minuten nach der Zeremonie erfahren, dass das von ihm ausgewählte Restaurant von der Polizei geschlossen und der Besitzer als mutmaßlicher Terrorist verhaftet worden ist. Als Josef den Gästen den Sachverhalt erklärt, kommt es zu Unmutsäußerungen.

„Josef ist wie immer der Situation nicht gewachsen," kommentiert der Onkel. „Ich an seiner Stelle hätte mich schon im Voraus um Alternativen gekümmert. Immerhin leben wir in unsicheren Zeiten."

Es wird tatsächlich nicht leicht, spontan ein geeignetes Restaurant zu finden, das allen Erwartungen der Verwandtschaft entspricht. Da Maria wegen des Kindes nahe am Haus bleiben möchte, schlägt Mortszhiladse ein Restaurant vor, das sich in unmittelbarer Nähe befindet. Die „Trattoria All'Angelo da Lalo" befindet sich in einem unbeschädigten Gebäude inmitten einer vom Krieg gestalteten Trümmerlandschaft.

„Sowohl der Besitzer als auch die Bedienung sind freundliche Leute, das Preis-Leistungsverhältnis ist gut, die jüdischen Essvorschrift werden eingehalten und auch die Sauberkeit hat oberste Priorität," erklärt Mortszhiladse.

„Das ist besonders für die anwesenden Tanten und Onkel wichtig", pflichtet ihm Kahraman bei.

„Was soll denn diese Bemerkung?", fragt die Tante.

„Dieses Restaurant", erklärt Mortszhiladse unbeeindruckt, „ist ein richtiges Kleinod. Alle werden gewiss begeistert sein, da bin ich mir sicher."

Es wird tatsächlich ein gelungenes Beschneidungsfest, bei dem viel gegessen und getrunken wird.

„Erstens kommt es anders und zweitens als man denkt. Das war ein ganz fantastisches Fest!", lobt Marias Vater zum Abschied.

Ein Kapitel über den Versuch, etwas über die Wahrheit hinter der Wahrheit zu erfahren

In einem Nebengebäude des Flughafens saß Wenkmann zusammen mit einem Mann in einem kleinen Raum mit eckigem Tisch und zwei Stühlen. Die Tischlampe war auf ihn gerichtet, weshalb er das Gesicht seines Gegenüber nicht erkennen konnte.

„Tee, Wasser, Kaffee?"

„Kaffee mit Milch, ohne Zucker."

Der Mann bestellte über eine Sprechanlage den Kaffee.

Ein junger Polizeikadett brachte ihn um den Raum anschließend zügig zu verlassen.

„So, so, Herr Wenkmann, ich wüsste gerne ihren Namen, den Wohnort, ihren Beruf."

Wenkmann musste an seine Ankunft im Heiligen Land denken.

„Diese Situation kenne ich", erklärte Wenkmann. „Damals, als ich im Heiligen Land ankam, bin ich auch einem Verhör unterzogen worden. Später habe ich erfahren, vom Präsidenten höchstpersönlich."

„Gut möglich, dass es so war", bestätigte die Stimme hinter der Lampe. „Der Präsident ist ein Liebhaber der Astrologie, der wegen einer außergewöhnlichen Sternenkonstellation damals nach einer ganz bestimmten Person geforscht hat. Diese Person sollte aus Neu York kommen, einen religiösen Beruf erlernt haben und nach einhelliger Meinung namhafter Sterndeuter die Wendemarke eines alles verändernden Lebens einläuten."

„Astonomen suchen nach ungewöhnlichen Sternenkonstellation", nicht Astrologen", entgegnete Wenkmann um dann noch anzufügen: „Die

Lampe blendet, könnten Sie sie wegdrehen?"

„Nein, das kann ich nicht. Sie sollen mich zwar hören, aber nicht sehen. Noch etwas: Ich dulde keinen Widerspruch. Der Präsident ist Astrologe, Punkt. - Ich wüsste gerne ihren Namen, den Wohnort, ihren Beruf."

„Sie kennen meinen Namen", entgegnete Wenkmann, „Sie haben mich vorhin mit meinem Namen angesprochen."

„Sie widersprechen ja schon wieder! Name, Wohnort, Beruf", wiederholte die Stimme.

„Balthasar Wenkmann, 6th Street, Brooklyn, Neu York 11215, Religionswissenschaftler."

„Ihre Angaben sind korrekt. Zuerst möchte ich mich im Namen unseres Präsidenten sehr herzlich dafür bedanken, dass Sie ihm ihre Fotos zugesendet haben. Vielen Dank, Herr Wenkmann! - Eine dringende Bitte ist mit diesem Dank dennoch verbunden: Da Sie unser Land heute verlassen werden, sollten Sie mit offenen Karten spielen."

„Bitte, gerne."

„Einige ihrer Fotos haben einen anderen Informationsgehalt als den, den sie vorgeben zu haben."

„Ich verstehe nicht", sagte Wenkmann.

„*Horrorbilder aus einem vom Krieg gezeichneten Land*, so könnte man ihre Fotosammlung betiteln. Viele ihrer Fotos besitzen eine eindeutige Aussage: Krieg bedeutet Zerstörung und große Not. Doch es gibt auch andere mit einem vollkommen unverständlichen Inhalt. Da geht es einerseits um eine junge Frau, die ein Kind erwartet, es geht um einen gehörnten Verlobten und um eine mysteriöse männliche Person, Geist genannt, die der wirkliche Vater des Kindes zu sein scheint. Die ganze Geschichte ist verwirrend und phantastisch zugleich. Andererseits geht es um ein Wunder, ein wirkliches Wunder, dass die kleine Familie den schweren Verkehrsunfall - noch dazu ohne Verletzungen - überleben ließ."

Wenkmann registrierte, wie sich die Stimme vom Stuhl erhob um in den hinteren Teil des Zimmers zu gehen.

„Ja, das ist richtig, so hat es sich zugetragen", bestätigte Wenkmann.

„So zugetragen?", rief es erregt aus dem Dunkel heraus. „Langsam wird es höchste Zeit, konkret zu werden. Welche wahre Bedeutung besitzt das Foto von der Geburt dieses Kindes auf dem Autohof? Wollen Sie ihren Freunden in Neu York zeigen, wie dreckig, ärmlich und heruntergekommen das Heilige Land ist?"

„Nein, das möchte ich nicht."

„Völlige Übereinstimmung, Halleluja! Legen Sie die Karten auf den Tisch! Nach Meinung unseres Geheimdienstes steckt in dem Rastplatzfoto eine Botschaft, deren Inhalt und Empfänger wir leider nicht imstande sind zu erfassen. Es mehren sich aber Hinweise, dass gerade dieses Foto eine große Bedeutung besitzt."

„Ich bin ebenso ahnungslos wie Sie", entgegnete Wenkmann, „ich weiß von nichts."

„Wissen von nichts? - Unser Geheimdienst hat keinen Zweifel daran, dass die Geburt auf dem Rastplatz weitreichende Konsequenzen haben wird. Wir sind uns nur noch nicht im Klaren darüber, welche."

„Ich kann es Ihnen nicht sagen, beim besten Willen nicht."

„Dann beantworten Sie mir doch bitte die Frage, was es mit diesem

Kleid auf sich hat, dem Kleid mit dem Wal."

Wenkmann wunderte sich in diesem Augenblick sehr über das hohe Ausmaß der permanenten Aufsicht und Kontrolle während seines gesamten Aufenthaltes im Heiligen Land.

„Der Wal", entgegnete Wenkmann, „Sie wollen wissen, welche Bedeutung der hat? Den Wal hat zufällig das Sonnenlicht durch die Faltenbildung auf das Kleid geworfen. Ein Licht- Schatteneffekt, nichts weiter. Zufall, nichts als der reine Zufall, mehr kann und will ich dazu nicht sagen."

Die Stimme war zurück zum Tisch gekommen und blätterte nun in den Akten: „Dann darf ich Ihnen auf die Sprünge helfen. Es wird unsererseits davon ausgegangen, dass am Tag x + 3 etwas Außergewöhnliches geschehen wird. - Ein Attentat vielleicht. Jemand soll ermordet werden."

„Ein Attentat auf wen?"

„Auf den Präsidenten."

„Nein, ganz ausgeschlossen, das ist es nicht."

„Sondern?"

„Wenn überhaupt, dann hat es etwas mit dem Propheten Jona zu tun."

„Ja, ja, der Jona. Diesen Propheten habe ich erst gestern eingehend studiert, sozusagen dienstlich. Drei Tage lang war Jona im Bauch des Wales gefangen, dann kam er frei. Eine sonderbare Geschichte. Eine Dreiecksgeschichte Jona - Gott - Mensch."

„Dreiecksgeschichte, ja, das haben Sie gut gesagt."

„Dreiecksgeschichten gibt es viele", entgegnete die Stimme, die offensichtlich wieder ihm gegenüber Platz genommen hatte. „Mir fällt in diesem Zusammenhang noch eine andere Dreiecksgeschichte ein: Maria - Josef - Jesus. Eine andere lautet: Wenkmann - Polizei - Gefängnis."

Wenkmann musste lachen.

„Hören Sie auf zu lachen! Sie wissen mehr, als Sie zugeben. Aber wir werden schon noch dahinter kommen. Hier und jetzt sind Sie ein freier Mann nicht deshalb, weil Sie den Ahnungslosen spielen, sondern allein aus Mangel an Beweisen. - Dennoch lässt der Herr Präsident Grüße ausrichten. Grüßen Sie Neu York von mir."

Ein Kapitel, dass von der Flucht der kleinen Familie nach Egyptah berichtet

Wenige Tage nach der Beschneidung Jesu war eine Gruppe von Besatzungssoldaten in Zivilkleidung in das Haus einer Großfamilie eingedrungen um ein 15 Jahre altes Mädchen zu vergewaltigen. Nach der Vergewaltigung wurde das Mädchen erschossen, ihr Körper mit Benzin übergossen und angezündet. Die anderen Familienmitglieder, insgesamt 16 Personen, per Kopfschuss getötet.

Maria und Josef erfuhren von dieser Tat aus der Zeitung. Auch ihr Leben erschien ihnen nicht mehr sicher, weshalb sie täglich über die Notwendigkeit diskutierten, das Land zu verlassen.

Einen Monat nach der Geburt Jesu ereignete sich ein weiteres, schwereres Attentat. Eine junge Frau hatte 31 Kleinkinder mit in den Tod gerissen. Ein perfides Verbrechen. Die Kinder waren zu ihr hin gelaufen, weil sie Süßigkeiten verteilte. Während die Kinder ihr voller Freude die Süßigkeiten aus den Händen rissen, zündete sie den Sprengsatz. Die Lage im Land wurde unerträglich, die Verzweiflung der Menschen wuchs von Tag zu Tag.

Vorsichtig verstaute Josef Beil, Säge, Hammer, Schabeisen, Messschnur und Zirkel in seinen großen Rucksack, als Maria ins Zimmer trat. „Was machst du?"

„Heute ist es soweit. Heute werden wir gehen."

Maria, ihren Blick auf den Boden gerichtet, blieb stumm.

„Hier können wir nicht bleiben, hier sind wir nicht mehr sicher."

„Gut", hatte Maria gesagt, „ich werde packen."

Josef war froh, den Beruf des Zimmermanns erlernt zu haben, denn auf der ganzen Welt wurden gute Zimmerleute gesucht.

Obwohl es im Heiligen Land keine offizielle Kleiderordnung für Zimmerleute gab, trug Josef seit einiger Zeit die Kluft der Zimmerer, die er als Dank nach Beendigung eines Bauprojekts von einem dänischen Handwerksmeister geschenkt bekommen hatte.

Nun stand Josef vor dem Küchentisch und faltete seine Arbeitskleidung reisefertig zusammen: eine schwarze Hose aus Manchesterstoff mit breitem Schlag, eine Jacke mit Perlmuttknöpfen, eine weit ausgeschnittene Weste und ein weißes, kragenloses Hemd. Der schwarze Hut schützte einerseits vor glühendheißer Wüstensonne, Sandstürmen und Regen, andererseits war der Hut für ihn sehr praktisch, da er als gläubiger Mensch niemals ohne Kopfbedeckung auf die Straße ging. Auch ein Ohrring, auf dem sich ein Handwerkswappen und ein sechszackiger Stern befand, gehörte zum

Bestandteil der Kleidung.

„Ein Davidstern?", hatte Josef den Meister, einen Gottesleugner, erstaunt gefragt, als dieser ihm den Ohrring in die Hand gedrückt hatte. „Das hat nichts mit Religion zu tun, sondern mit uralter Tradition. Wir dänischen Bauhandwerker verehren den jüdischen König Salomo, der viele prächtige Gebäude hat bauen lassen. Der Davidstern ist Ausdruck dieser Wertschätzung."

Vierzig Jahre war es her, dass Josef im Anschluss an seine Lehrzeit mit einigen anderen jungen Kollegen nach alter Zimmermannsmanier mit geschnürtem Bündel in die Fremde gezogen war: in den Libanon, nach Assur, Al-Urdun und Egyptah. Er hatte damals gelernt, dass es in den verschiedenen Ländern unterschiedliche handwerkliche Fertigungstechniken und Arbeitsabläufe gab. So hatte seine erste Arbeit im Libanon darin bestanden, in Fabriken vorfabrizierten Bauteile auf der Baustelle zu montieren. Diese Arbeitsweise war ihm bis dahin nicht bekannt gewesen, hatte er doch in seiner Ausbildung die gesamten Arbeiten direkt an der Baustelle ausgeführt.

War eine Arbeit beendet, hatte er einfach sein Werkzeug zusammengebunden und war weiter gezogen. So einfach konnte Leben sein. Auf der Wanderschaft, den vielen Stunden zusammen mit den Kollegen auf der Straße, hatte er das Lied der Zimmermannszunft erlernt.

Ich bin ein freier Zimmermann

der überall hingehen kann

wo ihm die Welt gefällt

Wohlan, Zimmermann, hineingestellt

die Welt ist frei und offen

Trotz Mangel an Geld

bist du doch ein freier Zimmermann

der überall hingehen kann

wo ihm die Welt gefällt.

„Wo sollen wir hin?", hatte Maria gefragt.

„Egyptah", gab Josef kurz zur Antwort. „In Egyptah ist mein Vater geboren, ich selbst bin als junger Geselle über ein Jahr lang dort gewesen. Es hat mir sehr gut gefallen."

„Wie lange werden wir unterwegs sein?"

„Keine Ahnung, je nachdem. Wenn wir Glück haben ein paar Tage, sonst einige Wochen. Wenn wir viel Pech haben...", Josef stieß einige Seufzer aus. „Ein Freund hat mir gesagt, dass neunzig Prozent aller Menschen schlecht seien. Wenn er Recht hat und wir es mit den neunzig Prozent zu tun bekommen, wird es sehr schwer werden. Aber wir haben eine Chance, vielleicht wartet ein sicheres Leben auf uns."

In dieser Nacht packte Josef die Koffer ins Auto und fuhr mit Maria und dem Säugling Richtung Egyptah. Während ihrer gesamten Reise begegnete der Familie niemandem, der den neunzig Prozent zuzurechnen war. Im Gegenteil wurden sie oft eingeladen und genossen überall, wo sie hinkamen, eine wundersam anmutende

Gastfreundschaft. Probleme bekamen sie erst beim Grenzübertritt.

„Das hier ist ein zivilisiertes Land, die werden uns gewiss keine Probleme machen", hatte Josef beruhigend zu Maria gesagt, als der Grenzschutz die Familie wegen des mitgeführten Werkzeuges misstrauisch inspizierte.

„Warum besuchen Sie unser Land?", wurde die Familie gefragt, während der Inhalt ihrer Koffer auf einen Tisch geworfen wurde.

„Verwandtschaftsbesuch, Urlaub, Arbeit?"

„Arbeit", antwortete Josef.

„Dann sind Sie gewiss im Besitz einer gültigen Arbeitserlaubnis."

„Arbeitserlaubnis?", hatte Josef erstaunt gefragt. „Ich wusste nicht, dass man so etwas benötigt."

„Also ein Verwandtschaftsbesuch, nicht wahr?"

„Ja", bestätigte Josef. „Verwandtschaftsbesuch."

„Wenn wir dann bitte das Einladungsformular der lieben Verwandtschaft sehen dürften, amtlich bestätigt und gestempelt."

„Ich wusste nicht, dass man so etwas benötigt."

„Dann wollen sie gewiss Urlaub in unserem schönen Land machen."

„Ja, Urlaub, es ist Urlaubszeit", sagte Maria schnell.

„Dann sind Sie gewiss im Besitz gültiger Einreisepapiere?"

Maria wusste, dass diese Formulierung Schmiergeld bedeutete.

„Hier, die Einreisedokumente", sagte Maria und überreichte 100 Dollar.

„Die Formulare sind in Ordnung - für Sie in Ordnung. Es fehlen noch gültige Papiere sowohl für ihren Ehemann als auch für das Kind."

„Verzeihen Sie", erwiderte Maria, um weitere zwei 100 Dollarscheine zu übereichen.

„Gut, sehr gut! Packen Sie schnellstmöglich ihre Klamotten zusammen und machen den Abflug!"

Ein Kapitel, in dem Maria, Josef und Jesus Frieden finden und sich trotzdem entschließen, ins Heilige Land zurückzukehren

In Egyptah angekommen reiste die Familie direkt weiter nach Kairo. Dort hoffte Josef, bei Botschaften oder Konsulatsvertretungen Arbeit zu finden.

„Früher bin ich schon einmal in Kairo gewesen und habe über Auslandsvertretungen Arbeit bekommen", erklärte Josef.

Schon beim ersten Versuch in der Botschaft von Lichenstein wurde die Familie freundlich aufgenommen. Die erste Nacht verbrachten sie in der Wohnung einer freundlichen Botschaftsangestellten. Am nächsten Tag konnte sie direkt eine Dienstwohnung beziehen.

Im Rahmen des Projekts *Schöne Botschaft Lichenstein* zimmerte Josef im Keller eine Bar für feierliche Anlässe. Mit der ausschließlichen Verarbeitung afrikanischer Hölzer fertigte er die Bar naturbelassen - rustikal. Eingeplant hatte er für die Arbeiten einige Wochen, da aber alles in Handarbeit gefertigt werden musste, benötigte Josef nahezu ein halbes Jahr. Hinzu kam, dass er durch das viele Teetrinken mit Angestellten der Botschaft, die sich über die Lebensverhältnisse im Heiligen Land aus erster Hand informieren wollten, wenig zum Arbeiten kam.

„Nicht schlimm", sagte der zuständige Mitarbeiter. „Nehmen Sie sich ruhig Zeit. Wir Einwohner von Lichenstein sind ein ruhiges, ein gemütliches Völkchen. Wie geht es übrigens ihrer Frau und dem kleinen Sohn, alles in Ordnung?"

„In bester Ordnung", antwortete Josef.

„Schön," entgegnete der Botschaftsangehörige. „Egyptah ist, neben Lichenstein natürlich, dass schönste Land der Welt."

„Ruhig ist es, ruhig und friedlich."

Josef war im ersten Momente überrascht darüber, wie sich das Leben in Egyptah seit seines letzten Aufenthaltes verändert hatte und wie es aktuell funktionierte: so musste im Falle einer polizeilichen Verkehrskontrolle im Führerschein immer Bargeld bereitliegen, damit die Polizei zügig und mit positiven Ausgang arbeiten konnte. Die Bestechlichkeit ging sehr weit. *Normales Geschäftgebaren* nannten es die einen, für andere war es die *reinste Form der Korruption*. Von der Polizei angefangen bis hinauf zur Staatsanwaltschaft war in Egyptah alles käuflich. Daher war vieles möglich, vorausgesetzt, die Kasse stimmte. „Was regen Sie sich darüber auf?", fragte ein Angestellter, als er mit Josef über das Thema zu sprechen kam. „Wir in Lichenstein haben 35.000 Einwohner und 45.000 Stiftungen, die uns am Leben erhalten. Im Grunde läuft es bei uns genauso ab wie hier in Egyptah, nur eben erheblich professioneller. Champions League sozusagen, keine Kreisklasse C."

„Stiftung?", hatte Josef gefragt, der von solchen Dingen wenig Ahnung hatte.

„Unser kleines Lichenstein lebt davon, dass reiche Menschen von überall her ihr Geld zu uns bringen um Steuern zu sparen.

Steuersparmodelle heißt das bei uns, andere nennen es kriminelle Steuerhinterziehung. Zu uns nach Lichenstein fließt viel Geld und auch in unsere Botschaft in Egyptah fließt es. Seien Sie froh, dass es so läuft und fließt, denn immerhin beziehen Sie und ihre kleine Familie ihren Lebensunterhalt aus dieser Quelle."

„Geht es hier denn nicht mit rechten Dingen zu?", fragte Josef naiv.

„Rechte Dinge, was soll das sein? Nein, es ist schon alles rechtens, was hier abläuft. Immerhin ist unser kleines Land keine Bananenrepublik, sondern ein angesehener europäischer Staat, vollkommen seriös. Bei uns in Lichenstein fließt das Geld in ruhigen Flussbetten langsam dem Kapitalmarkt entgegen. Und während es langsam dahinfließt, schwappt es mal hier ein wenig über das Ufer, und dort auch, ebenso ein wenig zu uns herüber, nach Egyptah. Und dann nehmen wir ein wenig von dem Geld aus der Uferböschung heraus und beginnen mit der Verschönerung unseres Botschaftsgebäudes. Wem schaden wir? Uns, Ihnen, den Egyptahnern? Nein, alle profitieren. Es ist eine klassische Win-win-Situation. Leben und leben lassen. Be happy, be clever."

Auf diese Weise bekam Josef Anschlussarbeiten, konnte Gartenhäuser bauen und Dachstühle zimmern. Irgendwann erreichte die Familie die Nachricht, dass die Staaten im Heiligen Land eine neue Strategie verfolgte, sodass sich die Zahl der wöchentlichen Bombenattacken halbierte, die Zahl der getöteten Zivilisten und Soldaten die geringste seit dem Beginn der Besatzung wurde. Der Präsident der Staaten hatte öffentlich angekündigt, Monat für Monat mehr als 500 Terroristen verhaften beziehungsweise erschießen zu lassen um endgültig mit ihnen fertig zu werden. Außerdem kündigte er an, mit vielen örtlichen Bevölkerungsgruppen im Heiligen Land Bündnisse gegen die Terrororganisationen schließen zu wollen um einen erheblichen Rückgang der Anschläge herbeizuführen. Die Bevölkerung müsse nun bereit sein für solche Bündnisse. Die friedliebende Bevölkerung sollte weiterhin dafür gewonnen werden, mit der Armee zusammenzuarbeiten. Die Staaten hatten damit begonnen, diese Antiterrorbündnisse nicht nur ideell, sondern auch materiell mit vielen Millionen Dollar zu unterstützen.

„Es ist ruhiger geworden im Heiligen Land", sagte Josef zu Maria. „So ruhig wie in Egyptah wird es im Heiligen Land niemals sein", entgegnete Maria. „Trotzdem willst du zurück. Du willst wirklich zurück."

„Lieber heute als morgen", entgegnete Josef. „Das Heilige Land ist unsere Heimat. In Egyptah werden wir immer Fremde sein, trotz alledem."

„Heimweh", entgegnete Maria. „Ich habe auch oft Sehnsucht nach Daheim."

An diesem Tag entschieden sich Maria und Josef trotz aller Bedenken zur Rückkehr in ihr Land.

Ein Kapitel, das von der Rückkehr Wenkmanns nach Neu York berichtet

Der erste Weg in Neu York führte Wenkmann zu seiner ehemaligen Arbeitsstelle. Er fragte beim Personalchef um Arbeit nach. „Wir sind komplett", hatte der Personalchef abgesagt.

So war Wenkmann auch die Möglichkeit genommen, ein Personalzimmer des Hotels für Wohnzwecke zu nutzen.

Ohne Arbeit und Unterkunft besann er sich auf das Ehepaar in Manhattan, dass ihn ins Heilige Land hatte reisen lassen.

Es war schon später Abend, als er bei Familie Grossman vor der Tür stand. Herr Grossman öffnete, schien wirklich erfreut, ihn zu sehen.

„Schön, dass Sie den Weg zu uns gefunden haben. Das Gästezimmer ist für Sie schon hergerichtet.

„Woher wissen Sie, wissen Sie...", stotterte Wenkmann.

„Keine Zauberei, wir haben Sie täglich erwartet. Die erste Zeit werden Sie bei uns unterkommen. Wenn Sie Arbeit haben, sehen wir weiter."

„Es ist so, wie mein Mann sagt", bestätigte Frau Grossman. „Fühlen Sie sich wie zuhause, wie ein Verwandter, wie ein Sohn. Lassen Sie sich Zeit, Sie haben Zeit, fühlen Sie sich bitte nicht gedrängt."

„Ich habe momentan nichts vor", entgegnete Wenkmann, „bis auf die Einhaltung des Versprechens, dass ich Ihnen die Fotos aus dem Heiligen Land zeigen möchte."

„Ruhen Sie sich aus, entspannen Sie sich die nächsten Tage über. Sie haben es sich verdient."

Wenige Tage nach seiner Rückkehr nach Neu York konnte Wenkmann eine Stelle als Barkeeper in einem kleineren Hotel antreten, die ihm

Herr Grossman vermittelt hatte.

„Danke", hatte Wenkmann gesagt, und: „Es ist eine gute Arbeit, die angemessen bezahlt wird."

„Der Hotelbesitzer, ein alter Freund, war mir noch etwas schuldig. So funktioniert Leben, Geben und Nehmen."

Ein Kapitel in dem Wenkmann Fotos zeigt

Wenkmann saß zusammen mit dem Ehepaar Grossman um den Wohnzimmertisch um die Bilder aus dem Heiligen Land zu betrachten. Wenkmann machte die eine und andere Bemerkung, doch zumeist blieben die Bilder unkommentiert.

„Schön", sagte Frau Grossman einmal, und: „Schade, dass wir nicht dabei waren."

„Siehst du nicht das Elend?", fragte ihr Mann kopfschüttelnd, „es ist gut, dass wir in Neu York geblieben sind."

Herr Grossman bat Wenkmann sowohl um die Fotos als auch um die Negative, um, wie er es ausdrückte, „den einen oder anderen Abzug für mein Privatalbum in Auftrag zu geben."

Ein Kapitel, das von der Veröffentlichung des Geburtsfotos berichtet

Nach einer arbeitsreichen Nacht hatte es sich Wenkmann zur Gewohnheit gemacht, vor dem Nachhausegehen im Hotel zu frühstücken. Bei Vollkornbrot, Ei, Kaffee und Konfitüre las er die

Tageszeitungen des Landes, die an der Rezeption auslagen.

So vergingen die Wochen, bis er eines Morgens das Bild, sein Bild, das Foto der Geburt Jesu in einer großen Tageszeitung des Landes abgebildet sah. Er rief sofort bei den Grossmans an.

„Mein Foto ist in der Zeitung."

„Ja", bestätigte Frau Grossman, „wir haben das Foto an Magnum übergeben, diese haben das Bild Redaktionen angeboten."

„Das Bild ist nicht für die Presse bestimmt, nicht für die Allgemeinheit", hatte Wenkmann vorwurfsvoll gesagt.

„Nicht für die Allgemeinheit?", hatte Frau Grossman gefragt. „Wer bestimmt das, Sie?"

„Ich, wer sonst?"

„So etwas können Sie nicht allein entscheiden. Öffnen Sie sich der Welt, schauen Sie sich um! Wer in seinem eigenen Saft vor sich hinschmort, verpasst viel. Öffnen Sie sich!"

„Ich schmore nicht in meinem eigenen Saft vor mich hin", entgegnete Wenkmann gekränkt.

„Jetzt seien Sie bitte nicht eingeschnappt. Die Wahrheit sucht sich den Weg in die Welt, egal, wo und wie sie begonnen hat zu wirken."

„Es ist mein Foto. Ich hätte wenigstens gefragt werden können."

„Das hätten Sie wohl gerne gehabt?"

„Ja."

„Was hätte das geändert? Sowohl wir als auch Sie haben keinen Einfluss darauf gehabt, ob das Foto veröffentlicht wird oder nicht. Nein, gewiss nicht. Es sind die Menschen, die Menschen Neu Yorks, die das entschieden haben. Mein Mann ist mit diesem Bild durch die

Stadt gegangen, und überall, wo er es gezeigt hat, waren die Menschen hellauf begeistert. Die Menschen haben entschieden, dass es ein Bild für die Allgemeinheit ist und keines, dass in irgendeiner Privatschublade verstauben soll."

Wenkmann war überrascht darüber, welche Wirkung sein Foto im Verlauf der nächsten Wochen entfaltete. Kolumnisten nahmen das Bild zum Anlass, über die Sinnbildlichkeit der Geburt als Inbegriff des Lebens inmitten einer Welt des Sterbens zu philosophieren. Andere schrieben darüber, dass diejenigen, die ganz unten angekommen seien, dennoch ihre Würde bewahrt hätten, wie das Bild der ersten Lebensstunden des kleinen Jungen auf dem Autohof zeige.

Der Chef des Kulturteils des *Citizen Globe* sah in dem Foto die Manifestation der Forderung des friedlichen Miteinanders von Menschen verschiedener Nationalität: „Menschen aus allen Teilen der Welt feiern im Angesicht der Geburt eines kleinen Jungen wie aus einem unentrinnbaren Antrieb heraus ein Friedensfest."

Weiter schrieb er: „Das kleinbildformatige Foto des Neu Yorker Religionswissenschaftlers Balthasar Wenkmann ist auf einem Autorastplatz im Heiligen Land aufgenommen worden. Das Farbfoto *Säugling im Autoreifen* zeigt eine Gruppe von Menschen, die um einen Autoreifen stehend zu tanzen scheinen. Seitlich des Reifens, der als Wiege für ein in Decken gewickeltes Kind dient, steht eine junge Frau, vermutlich die Mutter, die sich liebevoll hinunter zu ihrem Kind beugt, um es zu liebkosen. Die Mutter, ein kräftig erscheinendes junges Mädchen aus dem Volk, ist von natürlicher Schönheit mit goldbraun - wettergegerbter Haut, einer traditionell geflochtenen Frisur und einem weichen, runden Profil mit versonnen blickenden Augen. Man fühlt sich geradezu genötigt, die junge Mutter als eine ‚schimmernde Perle' zu charakterisieren, denn sie gleicht einer Lichtgestalt, einer Gestalt also, die eigenes Licht auszusenden scheint. Trotz ihrer körperlichen Üppigkeit und der Fülle ihrer dunkel blonden Haare ruft sie den entgegen gesetzten Eindruck hervor: Die junge Frau wirkt lyrisch, ruhig, zart und rein, versunken in der Betrachtung ihres Kindes, dem Wunder der Geburt. Sie, die im Zentrum des Bildes steht, scheint sich in diesem Moment in einem überirdisch-paradiesischen Garten zu befinden, welcher durch einen gelbglänzenden Lastwagen von den feiernden Menschen getrennt ist. Die Gestalt der jungen Frau sowie der Autoreifen mit dem Säugling füllt etwa Dreiviertel der gesamten Bildfläche. Die Abbildung der jungen Frau, des Autoreifens sowie eines alten Mannes ganz in ihrer Nähe ergibt eine Dreieckskomposition und damit ein für unsere Zeit atypisches Stilmittel. Der alte Mann ist die zweite Person der Fotografie, die bis in die kleinsten Details erkennbar ist. Er versucht die Frau und ihr Kind zu beobachten. Sein gesengter Blick und seine zurückhaltende Stellung zeigt jedoch, dass er in die intensive Mutter- Kind- Situation nicht eindringen will, zeigt, dass er die ruhige Einsamkeit der jungen Frau respektiert. Einen erstrangig religiösen Bezug erhält das Foto sowohl dadurch, dass die junge Frau ein weites, rubinrotes Gewand trägt, das den umgehängten Tüchern von Geistlichen ähnelt, als auch der Umstand, dass an beiden Personen eine geradezu weltentrückte, göttliche Glückseligkeit erkennbar ist.

Als Gesamtbild erzeugt das Foto einen schönen, sehr ruhigen, strahlenden, geradezu paradiesischen Eindruck. Alle dargestellten Menschen sind in Harmonie und in vollkommener Zufriedenheit versunken."

Das Foto wurde Wochen später für den World Press Award vorgeschlagen, weil es „nicht nur die fotojournalistische Verkörperung des Jahres darstellt, sondern auch ein Thema, eine Situation oder ein Ereignis von hoher journalistischer Bedeutung besitzt und dies in einer Weise, die ein außergewöhnliches Maß an visuellem Wahrnehmungsvermögen und Kreativität beweist."

Ein Kapitel, in dem Wenkmann den World Press Award für sein Geburtsfoto erhält

„And the winner is Balthasar Wenkmann." Für die Preisverleihung hatte er sich einen schwarzen Anzug gekauft, auch Hemd und Fliege waren neu. Wenkmann war von Neu York über Köln nach Amsterdam angereist. Als er die Stadt Köln am Rhein in Deutschland aus der Flugzeugperspektive erblickte, hatte ihn spontan ein Gedanke erfasst: „Hier möchte ich nicht einmal begraben sein." Weshalb ihm dieser Gedanke durch den Kopf ging, konnte er noch Jahre später nicht verstehen, denn Köln am Rhein gehört tatsächlich zu den eher schöneren Städten dieser Welt. Wenkmann hatte sich am Vortag der Preisübergabe in Amsterdam ein ausgiebiges Kulturprogramm einschließlich Grachtenfahrt und Tulpenauktion gegönnt. Amsterdam war eine phantastische Stadt. Er hatte den Königspalast besucht, hatte dem bekannten Albert- Cuip- Straßenmarkt einen Besuch abgestattet und war in einem Geschäft gewesen, das legal die Droge Marihuana verkaufte. Dieses empfand Wenkmann als kurios. Später besuchte er das Anne-Frank-Haus an der Prinsengracht. Anne Frank war dort mitsamt ihrer Familie vom Juni 1942 bis August 1944 von Freunden versteckt worden, um der Judenverfolgung durch die Nationalsozialisten zu entkommen. In dieser Zeit schrieb sie ein Tagebuch, das später weltberühmt wurde. Die Familie Frank wurde im August 1944 verhaftet, kam in das Konzentrationslager Auschwitz, dann nach Bergen- Belzen, wo Anne Frank zusammen mit vielen Familienangehörigen starb. Ein Schicksal wie viele Millionen andere in dieser Zeit. Ein jüdisches Leben war der Tod.

Nun aber stand Wenkmann auf der Bühne, war dem gleißenden Licht und dem Applaus der Menge ausgesetzt, liefen ihm Schweißperlen von der Stirn. Er war aufgeregt, hatte Lampenfieber und setzte sein charmantestes Lächeln auf. Der Moderator der Veranstaltung - der bekannte niederländische Schauspieler Hub Stapels - hielt Wenkmann das Mikrofon vor den Mund: „Ich bin sehr überrascht, dass mein Bild *Säugling im Autoreifen* eine solche Resonanz gefunden hat. Es ist mir eine große Ehre", sagte er. Tosender Applaus. Der Moderator zog das Mikrofon zum eigenen Mund, doch Wenkmann ergriff dessen Hand: „Lassen Sie mich noch etwas zum historischen Hintergrund dieses Bildes sagen."

„Selbstverständlich, wir sind sehr gespannt."

„An jenem Tag war ich mit zwei Freunden im Auto unterwegs, als uns eine Panne auf einen Autohof zwang. Während unserer Zwangspause wurde eine junge Frau auf den Autohof gebracht. Durch wundersame Weise waren sie und ihr frisch geborenes Kind knapp dem Tode entkommen. Zahlreiche Menschen halfen der jungen Mutter. Da kein Kinderbett zur Verfügung stand, kleideten einige Männer den Autoreifen mit Stoffen aus, sodass der Säugling gebettet werden konnte. So entstand dieses Foto. Ein neues Leben inmitten von Müll, Gestank und Dreck."

Ein kräftiger Applaus riss Wenkmann aus seiner Rede. Die Preisrichter lächelten ihm zu. Der Vorsitzende der Jury erhob sich, um Wenkmanns Hand zu schütteln. „Ich habe heute Abend die Freude, den eigens aus Neu York angereisten Laudator zu begrüßen, der uns weitere Informationen über Sie, Herr Wenkmann, und über die Entstehung des Fotos geben kann. Ich begrüße herzlich Herbert Grossman aus Neu York!"

Grossman kam langsam auf die Bühne, wo er mit einem höflichen Applaus empfangen wurde und begann seine Laudatio: „Meine sehr geehrten Damen und Herren, es ist schon so viel über das Foto gesagt und geschrieben worden, heute möchte ich über einen anderen Aspekt dieses Fotos sprechen. Ich lernte Balthasar Wenkmann auf einem Flohmarkt inmitten Neu Yorks kennen. Meine Frau und ich hatten damals an einem Stand unser Hochzeitsgeschirr entdeckt. Am Stand gab es zwei Dinge von wirklichem Wert: Neben unserem Hochzeitsgeschirr war es eine LEICA M2, mit der das Bild, das berühmte Geburtsbild, fotografiert wurde. Ich selbst habe diese Kamera sowohl jahrzehntelang in meinem Store verkauft als auch selbst benutzt. Ich weiß also, wovon ich spreche, wenn ich behaupte:

Wenn es eine Symbiose zwischen einer Kamera und einem Menschen gibt, dann zwischen Balthasar Wenkmann und dieser Kamera. Er hat, ohne professionelle Vorkenntnisse zu besitzen, die Seele dieser Kamera erfasst. Ihm ist gelungen, was nur wenigen gelingt: einem Foto eine Seele einzuhauchen, es lebendig werden zu lassen. Die Geburtszene auf dem Autohof im Heiligen Land scheint die ganze Welt erfasst zu haben. Besser kann man es nicht machen. Perfektion ist ein Begriff, den ich selten verwende, doch hier passt er: Perfektion in einer sonst desolaten Welt."